SACERDOTES DEMONÍACOS

ANDYS JAVIER MONTENEGRO MENDOZA

andysjaviermontenegro@gmail.com

Dedicado a Mi Dios, que siempre está conmigo, a mis padres que siempre me han apoyado, y a N.C.M., el mejor de todos mis fanáticos

Cualquier parecido en cuanto a personajes, o realidades sociales, es mera coincidencia; la presente historia es una breve ficción, de hechos o situaciones, que no tienen relación alguna con la realidad actual.

PRÓLOGO

Los demonios gobiernan lo que por derecho les pertenece; el mundo de los humanos solo es uno, pero existen 5 realidades, creadas por una fuerza que va más allá de lo que comúnmente se denominaría "Dios", esta fuerza creadora, es conocida como "El Primer Día", y fue la creadora de tanto los humanos, como los demonios. Es aquí donde tiene su génesis la gran guerra entre ángeles y demonios, puesto que los demonios, aseguran ser los legítimos propietarios del mundo de los humanos, y este derecho, les corresponde según ellos, por ser la primera creación del "El Primer Día". Para los ángeles, la historia es diferente, al ser creados por el "El Primer Día", para proteger a los humanos, ellos consideran a los humanos, como los legítimos propietarios del mundo.

Escrituras y temas de conversación de una ciencia muerta, hace ya muchos milenios, lo cierto es que los demonios escaparon de su lúgubre mundo, para reclamar el hermoso mundo de los humanos, y habrían tenido existo, empezando por Panamá, de no ser por aquella trampa inesperada, una barrera sin forma física que se elevó encerrando toda la porción marítima y territorial que hubiera o pudiera llegar a tener algún contacto con los demonios; y hasta el día de hoy, incluso 20 años después, aquella barrera sigue tan fuerte, como si el peso de los años no la afectara.

CAPÍTULO I

Generales Demoníacos

Mantra se lanzó desde lo alto de aquel edificio destruido. Llevaba a una niña entre sus grotescos brazos, similares a las patas de un ave de rapiña, pero sus garras estaban cuidadosamente colocadas, para no causar daño a la pequeña, al contrario de la "condenada", la cual iba colgando por debajo de Mantra. La demoniza enterró las garras de sus pies, en la espalda de la "condenada". A estas alturas aquel cadáver ni siquiera sangraba. La niña había empezado a gritar, a medida que observaba como el suelo se iba acercando, pero la demoniza expandió sus alas, mucho antes de que eso sucediera.

Para ese momento, los ciclopes eran un verdadero ejército, que ya rodeaba el puente. Mantra esbozo una gran sonrisa mostrando unos hermosos dientes blancos, casi parecía una mujer normal. La demoniza observaba casi con diversión, el pequeño grupo de humanos que luchaba desesperadamente en contra de aquel ejército de ciclopes. La demoniza sobrevoló por encima de sus soldados, y aterrizó en el techo de un viejo automóvil oxidado y deteriorado por el paso del tiempo. El esfuerzo del aterrizaje, la hizo contener una mueca de dolor, la herida en su vientre se había abierto nuevamente.

La niña permaneció aferrada a los peligrosos brazos de la demoniza, había cerrado sus ojos en el momento en que pensó que se estrellaría contra el suelo, volvió a abrir sus ojos, y vio el cadáver de su madre agitándose entre las garras de Mantra. Unas gruesas gotas de sangre se derramaron por el rostro sin vida de su madre, y en ese momento se percató que la sangre no era del cadáver, sino de la demoniza. La aterrorizada niña, no pudo evitar sentir cierto alivio al comprobar que su captora, estaba gravemente herida.

El enfrentamiento contra aquel ángel guardián la había dejado terriblemente herida, debía descansar. Pero Mantra sentía más dolor por su orgullo que por su herida, aquel ángel estuvo a punto de matarla, y si Gargantarius, no la hubiera ayudado, el resultado de aquel combate habría sido muy diferente. Mantra confiaba en la fuerza de su compañero demonio, y asumió que, para ese momento, ya había eliminado al ángel, pero estaba tardando demasiado, y eso la preocupaba. Era momento de exigir la lealtad del Guardián de Vida de la comunidad de los mártires, antes que esos extranjeros lograran liberar al ángel aprisionado en el templo blanco.

Los demonios ciclopes, pasaban a ambos lados de la demoniza, pero ninguno fijaba su atención en ella. Todos los ciclopes, llevaban aquellas cadenas, que por segundos, parecían emitir destellos similares al fuego. Mantra observó a su ejército concentrándose debajo del puente en donde el pequeño grupo de humanos, aún seguía luchando aquella batalla perdida. La general demoniaca, dio un largo salto pasando por encima de los ciclopes, y con un fuerte aleteo de sus alas, llegó hasta el puente cubierto de láminas de metal. El puente, no era más que una antigua estructura peatonal, elevada por encima de una carretera de cuatro carriles; en su momento, antes de los demonios, aquel sector debió ser muy concurrido, tanto por vehículos, como por las personas, pero ahora, no era más que una estructura ruinosa en el interior de una silenciosa ciudad fantasma. La demoniza aun llevaba entre sus manos a la niña y con una de sus patas seguía sosteniendo a la condenada, con la pata que le quedaba libre empezó a dar fuertes zarpazos con sus garras hasta que finalmente abrió un agujero, en el techo del puente.

Mantra ingresó al interior de aquel puente, y lo primero que vio fue al capitán Jeremías con sus 5 soldados, al líder de la comunidad de los mártires, y al resto de su comitiva, todos ellos marcados. Los humanos condenados retrocedieron al verla, Mantra no pudo evitar sonreír, disfrutaba ver el miedo en los ojos de los humanos, y sin embargo, se mostró aún más curiosa, cuando observó al hombre rubio y a sus soldados, los cuales no manifestaban temor, a pesar de estar rodeados por un ejército de demonios.

– ¿A qué has venido Mantra? – Preguntó el anciano José. El líder de la aldea, intentando mantener la calma, pero sus lágrimas escaparon al ver a la niña que la demoniza llevaba entre sus brazos.

– ¡Abuelito! – Gritó la niña; pero no se atrevió a moverse, las garras de Mantra estaban firmes y listas para cortar. La niña conocía el peligro que representaban esas garras.

– No le hagas daño a mi nieta, hemos hecho todo lo que ha pedido la Diosa, puedes preguntarle al Guardián de Sangre...– suplicó el anciano; pero dejo de hablar al verla. El cadáver que se retorcía a los pies de Mantra.

La condenada se retorció aun entre las patas de la demoniza, hace mucho que había muerto, pero seguía moviéndose, impulsada por aquella marca en su brazo derecho. Las mujeres que estaban a lado del anciano empezaron a llorar, y el líder de la aldea cayó al suelo arrodillado, y mirando el cadáver de su hija, con las garras de Mantra aun clavadas en la espalda. Arístides retrocedió horrorizado, la hija del Guardián de Vida, era ahora una condenada, los demonios no habían cumplido su promesa.

– ¡Maldita! – Vociferó el anciano. El líder se levantó con las lágrimas aun frescas en el rostro, las mujeres tuvieron que sujetarlo. – ¡Prometieron que no la dañarían!

– Nadie la daño, – contestó Mantra, con indiferencia, – estaba enferma, murió mientras dormía.

– ¡Vas a pagar por esto…! – Amenazó el anciano. Y rápidamente la demoniza acerco una de sus garras al cuello de la niña. El anciano se detuvo, pero sus ojos denotaban el odio que sentía en aquel momento.

– Cuidado con tus ojos, anciano, – advirtió Mantra; esbozando, nuevamente aquella hermosa sonrisa, – puedo ordenar que te los saquen, se llegó a sentirme ofendida.

– Eres el segundo demonio con la facultad para hablar nuestro idioma, que he visto, desde que llegamos a estas tierras, – intervino Jeremías. El hombre rubio le dedico un gesto amable a la demoniza, como quien saluda a un viejo conocido. El rostro de Mantra cambio de curiosa, a ofendida. La demoniza no estaba acostumbrada a que un humano le hablara como si fueran iguales.

– Claro… eres uno de los extranjeros, – masculló Mantra, seleccionando con cuidado, cada una de sus palabras, – ahora mismo necesito al líder de la comunidad, así que tendré que acabar con ustedes rápido.

Mantra lanzó una piedra roja muy cerca de los pies de Jeremías. Arístides intento advertirle al capitán que se alejara, pero para ese entonces, ya los cinco soldados que acompañaban a

Jeremías, apuntaban sus armas de fuego hacia la demoniza. La piedra se disolvió, adquiriendo una forma líquida que se expandió por el suelo del puente, y rápidamente trazo una forma circular similar a un pentagrama. Los símbolos de otro idioma desconocido, aparecieron al azar dentro de aquel pentagrama, y luego las oscuras manos de un ser, se asomaron desde el interior de este. Jeremías y sus soldados retrocedieron, mientras un demonio aparecía sorpresivamente frente a ellos.

La criatura de piel oscura, parecía ser casi de cristal, contaba con cuatro brazos, en cada mano llevaba una espada, y en su rostro solo tenía dos ojos rojos y redondos. La criatura giraba su cuello de forma confusa, y al hacerlo emitía un sonido quebradizo, como si la cabeza se le fuera a caer en cualquier momento. Otro ser similar emergió por el mismo pentagrama, y las manos de un tercero empezaban a asomarse. Los soldados estaban a punto de disparar, pero Jeremías levantó la mano, ordenando el cese al fuego.

- Existe alguna forma de evitarnos todo esto, – trató de negociar Jeremías. Miro a la demoniza por unos segundos. – No hemos venido a pelear.

- Crees que voy a perder mi tiempo, discutiendo con un sucio humano, – se burló Mantra. La demoniza hizo una señal con sus garras.

El primero de los demonios de cuatro brazos atacó, las cuatro espadas fueron directamente contra Jeremías. El anciano José esperaba ver nuevamente el resplandor dorado alrededor de Jeremías, revelando ante la demoniza su naturaleza de "santo", pero se sorprendió al ver que las cuatro espadas se partían en pedazos al chocar contra una pared invisible frente al capitán. El demonio fue empujado hacía atrás, por una fuerza invisible, y luego la misma fuerza cayó sobre él, aplastándolo en cuestión de segundos, dejando solo un charco de sangre oscura en el puente. La muerte de aquel demonio, fue tan rápida y grotesca, que apenas fue posible escuchar, el sonido quebradizo de su cuerpo.

Mantra retrocedió rápidamente al sentir un rustico cambio en la corriente de aire, y poco después, a solo centímetros de las garras de sus pies, un agujero creado por una presión desconocida, rompió parte del puente, arrancándole un brazo a la condenada, que aún se mantenía atrapada por las garras de la demoniza. Mantra apenas tuvo el tiempo de ver al hombre rubio pasando rápidamente frente a ella, seguido de cerca por cuatro de sus soldados. Los otros dos demonios de cuatro brazos, cayeron al suelo victimas de aquella presión desconocida, quedando aplastados hasta solo ser charcos de sangre oscura en el suelo.

Uno de los soldados, sujeto a la niña que Mantra llevaba entre sus garras. La demoniza intento cortar el cuello de la pequeña, antes que el humano lograra quitársela, pero nuevamente sintió aquel brusco cambio en las corrientes de aire a su alrededor, soltó a la niña, y esta vez, un agujero grande se abrió en la pared del puente, a solo centímetros de ella. Los soldados y Jeremías, llegaron hasta el anciano, entregando la niña al líder. Mantra se asqueo al ver al líder y a su nieta juntos, y se imaginó borrando la sonrisa del anciano, luego de matar a su nieta. Pero la demoniza no hizo nada, aun no sabía qué era lo que había matado a sus demonios.

– Ustedes piensan que van a salir vivos de este lugar, – masculló Mantra indignada y sorprendida, por aquella misteriosa fuerza, que aplastó a sus demonios en el acto. La brillante armadura plateada de la demoniza se había manchado con su propia sangre; en ese momento el anciano pudo ver que la demoniza estaba herida, y no pudo evitar dedicarle una sonrisa desdentada.

– Eres tú, la que no saldrá viva de este puente…– aseguró uno de los cinco soldados de Jeremías, que había permanecido inmóvil, mientras sus compañeros se alejaban, junto al líder.

– Edgar, – llamó Jeremías. El quinto soldado se quitó la capucha del rostro, – recuerda lo que hablamos, si se pone feo, te vas… ¿De acuerdo? – Advirtió Jeremías. El capitán, no necesitaba ver el rostro de su soldado, para imaginarlo sonriendo, ante aquella inocente advertencia.

– Estaré bien, capitán. – Fanfarroneó el soldado; ya acostumbrado a lidiar, con todo tipo de demonios.

El quinto soldado, era otro protegido. Un muchacho, muy bajito para ser un adulto, su complexión física era delgada, con excepción de sus brazos que se veían un poco más musculosos. Edgar iba vestido igual que un soldado, con aquel uniforme de camuflaje militar oscuro. El joven, no se dejaba la barba, excepto por un diminuto bigote que más bien lo hacía lucir ridículo, pero no más que su peinado, con el cabello oscuro peinado hacia adelante, luciendo un extraño mechón de pelo, que le quedaba levantado sobre la frente.

– Ya lo entiendo, – dedujo Mantra; observó al resto de los soldados, escapando del puente, acompañados por el líder, junto con Arístides y los demás. – Eres un protegido, mi Diosa estará complacida cuando le lleve tu columna vertebral.

– Perteneces a la raza demoniaca de las arpías, – indicó Edgar; ignorando las amenazas de Mantra, – cuando se inició el proyecto Reconquista, me hicieron entrenar mis habilidades, con demonios arpía. – Reveló el protegido.

– Tienes una buena vista humano, puedes distinguir en mí, algunos de los rasgos característicos de las arpías, pero yo no soy igual que ellas, – sentenció Mantra. La demoniza se colocó frente al protegido, pero manteniendo una distancia prudente.

– Eso puedo verlo, las arpías no son capaces de hablar, – señaló Edgar; mostrando cierta fascinación por la demoniza, – pero tú definitivamente debes provenir de esa especie… ¿O me equivoco? – Repitió la interrogante; notando un gesto de incomodidad en su adversaria, y aprovechándolo a su favor. Edgar, no necesitaba que ningún experto se lo dijera; cierto tipo de demonios, pueden llegar a ser muy orgullosos, y eso, podía utilizarse como una ventaja contra ellos, durante el combate.

– No te equivocas, mi Diosa Orfere, a través de uno de sus sacerdotes demoníacos, me otorgó el máximo regalo, la facultad de seguirla por voluntad propia, – contestó Mantra; demostrando una vez más, aquel ferviente sentimiento de orgullo y superioridad. La demoniza atacó sin darle tiempo al protegido de defenderse, pero este se mantuvo inmóvil.

Mantra, se movió rápido, los destellos de su armadura eran apenas visibles, y las garras de sus manos estaban expandidas, listas para cerrarse alrededor del cuello del protegido. La demoniza calculó la presión exacta que debía ejercer para decapitar al protegido. Años de experiencia, la habían dotado de una capacidad única, al momento de derrotar a sus enemigos; sus garras, no eran simples herramientas de caza... sus garras, eran la muerte misma, y ella sabía muy bien, en que áreas apuñalar, para causar una muerte inmediata, incluso, si le apetecía, podía perforar ciertas zonas del cuerpo humana, para garantizar una muerte lenta y dolorosa. A solo centímetros del joven protegido, la demoniza nuevamente tuvo que retroceder, las corrientes de aire a su alrededor enloquecieron, y una larga línea recta, rasgo el suelo a su lado, como si algo muy pesado hubiera caído sobre ella.

Edgar se mantuvo inmóvil y con una mirada curiosa. Mantra se posicionó en el aire, usando el fuerte aleteo de sus alas, y con un fuerte tirón, lanzó a la condenada, que aún llevaba entre sus patas. El resultado fue el mismo, una presión fuerte e invisible, cayó sobre aquel cadáver, y la condenada quedo reducida a solo piel y huesos aplastados en el suelo. El piso del puente empezó a ceder bajo un peso invisible y desconocido. La demoniza retrocedió al ver que la fuerza aplastante iba directamente hacia ella, dio un rápido giro en el aire, un agujero profundo se abrió en el piso del puente a su lado, luego avanzó a gran velocidad hacia el protegido, se detuvo al sentir el viento, y otro agujero se abrió frente a ella, giro por el suelo con las garras expandidas, ahora estaba más cerca del protegido.

– ¡Te tengo! – Anunció victoriosa, cuando estuvo a punto de cortar el cuello del protegido, pero la presión la alcanzó.

Esta vez fue diferente, no era algo pesado que caía sobre ella, era una presión que giraba alrededor del humano, lo que termino rechazándola, y lanzándola hasta el otro extremo del puente. Mantra se levantó del suelo, expandió sus alas de forma amenazadora, y luego emitió un rugido intimidante; era una advertencia, una forma de alertar a los depredadores para que se alejaran. Mantra se sorprendió al ver las plumas de sus alas erizadas de aquella forma amenazadora. Luego vio al protegido riéndose.

– Eres igual que las arpías con las que entrenaban, – argumentó Edgar burlándose, – hacían ese mismo gesto, cada vez que lograba derrotarlas, ustedes tienen un muy mal carácter.

– ¡Como te atreves! – Vociferó Mantra, indignada ante aquel gesto burlón. Su hermoso rostro había desaparecido, ahora unos rasgos grotescos, habían aparecido debajo de sus ojos, muy similares a las marcas propias en las aves de rapiña. – ¡Soy una General Demoníaca! – Le recordó, iracunda; mientras sus plumas se mantenían erizadas, en un reflejó biológico natural, que revelaba su instinto de supervivencia.

– No te vayas a molestar, – bromeó Edgar; levantando ambas manos, justo como si hablará con alguna amiga gruñona, – pero las cosas por aquí, están a punto de cambiar. Yo soy fuerte, pero mis poderes, no se comparan con los de mis compañeros, tú no durarías ni una hora enfrentando a Natalia. – Aseguró el astuto protegido; enfureciendo aún más a su adversaria.

– No lo creo, – masculló Mantra. Su rostro había regresado a su habitual hermosura. – Si los poderes de tu amiga, son tan fáciles de entender, como los tuyos, ella moriría en menos de una hora, justo como te pasará a ti.

Mantra siempre fue una demoniza muy orgullosa de sus habilidades, pero su mayor orgullo, no era su fuerza, ni tampoco su belleza, sino su astucia, la cual había sido reconocida incluso por la misma Diosa Orfere. No era un secreto para los demonios, que todos los protegidos estaban bendecidos con una única habilidad especial, la cual solo se repetía en el ángel guardián que tenga la misión de protegerlo; y fue en ese momento, en que las leyendas de los ángeles poderosos llegaron a su mente, en especial, la del ángel de Darién. Se decía que este ángel tenía ya 6 alas, un símbolo de que sus poderes estaban completamente desarrollados, pero ese no era el principal rasgo de aquel ángel, sino su habilidad, la cual consistía en alterar la fuerza de gravedad.

– Así que, ya has descubierto como funciona mi poder, – musitó Edgar, sin realmente darle mucha importancia. El muchacho solo movía su mano derecha para acariciarse aquel ridículo bigote.

– No eres el primero con esa habilidad, – declaró Mantra. La demoniza hizo un esfuerzo para mantenerse en pie, la herida en su vientre, estaba volviéndola más lenta, y la hemorragia se hacía cada vez más evidente.

La leyenda del Ángel de Darién, era bien conocida por todos los habitantes de dicha provincia, pero eran los demonios quienes se mostraban interesados al escucharla, cuando ya los humanos, la consideraban solo un cuento. Durante los primeros años de la invasión, un solo ángel, tuvo el poder suficiente para reducir un ejército de demonios, hasta volverlos una masa espesa de piel, sangre, huesos y músculos aplastados sobre el suelo. Se dice que la podredumbre de aquella masacre infecto la tierra de Darién durante años. Pero lo sorprendente, era la forma en la que los había matado, se decía que aquel ángel, había incrementado la fuerza de gravedad en un 100% alrededor del ejército, haciendo que todos los demonios murieran aplastados bajo su propio peso.

– Esa herida se ve bastante fea, – indico Edgar, – es una lástima que hayas venido en ese estado, me habría gustado mucho derrotarte, estando en toda tu plenitud.

– No te preocupes por eso protegido, – contestó Mantra; esforzándose por disimular el dolor que le generaba aquella herida. – Estoy acostumbrada a sobreponerme ante cualquier obstáculo. Tengo alas, ni siquiera las leyes más elementales como la fuerza de gravedad, son suficientes para detenerme.

Edgar guardó silencio, pero en ningún momento perdió aquella actitud optimista, y, aun así, el protegido recordaba bien las palabras de su capitán: *"si se pone feo... te vas"*. El protegido hizo un rápido movimiento con sus manos, el primero movimiento que realizaba desde el inicio de la pelea, una fuerza invisible se concentró frente a él. Mantra sintió como el vacío intentaba atraerla. La demoniza retrocedió, y escapo por uno de los agujeros del puente, pero aun en el aire, aun usando sus grandes alas, se sentía arrastrada por aquella fuerza.

El puente con aspecto de fortaleza, se desprendió de las escaleras de concreto, que lo mantenía sobre la carretera, pero no se cayó, permaneció en el aire, con una extraña luz brillando en su interior. La pelea debajo del puente aún continuaba, pero la situación había cambiado, el pequeño grupo de humanos, era ahora un gran grupo de 50 hombres, todos fuertemente armados, abatiendo a los ciclopes que se acercaban. Mantra pudo ver al protegido del bigote, bajando por lo que quedaba de las escaleras. El joven mantenía sus manos unidas, casi como si estuviera rezando, y frente a él, el puente empezó a destruirse, pero aquella fuerza, lo mantenía aun flotando.

La demoniza intento alejarse, pero la fuerza gravitacional, había alcanzado proporciones monstruosas, el puente se había transformado en una bola de escombros, compuesta por láminas de metal, rocas, hierro y concreto, y aun así, mas objetos se iban uniendo a la bola de escombros, piedras y trozos sueltos de la carretera, se levantaban solos del suelo, para incrementar aún más el tamaño de la bola de escombros. Mantra pudo sentir los metales de su armadura vibrando, empujándola para chocar contra aquella esfera de escombros, era como si estuviera frente a una luna en miniatura, una luna con su propia fuerza de gravedad.

El protegido cayó arrodillado en medio de lo que quedaba de las escaleras, Mantra pudo ver la sangre escapando por la nariz de este. El muchacho aún no controlaba bien sus habilidades, y un grupo de ciclopes ya habían notado su presencia. La demoniza se quitó inmediatamente las partes de su armadura que estaban siendo atraídas por aquella esfera de escombros. *"Es solo una lucha de resistencia –* Pensó Mantra. *– Solo tengo que aguantar hasta que los ciclopes lleguen hasta el muchacho, lo mataran y esa fuerza de gravedad desaparecerá".*

No siempre en un combate prevalece el guerrero más fuerte, a veces la astucia superaba por mucho a la fuerza, y en todo esto, la suerte siempre juega un papel relevante, pero en esta ocasión, ni la fuerza, ni la astucia, ni la suerte, estaban de parte de Mantra. La demoniza se vio a sí misma, luchando una pelea sin sentido, con la sangre derramándose desde su herida, en su vientre, bajando por su pierna, pasando por los tres gruesos dedos que conformaban su pata izquierda. Ahora la fuerza de gravedad, era tan intensa, que incluso su sangre era atraída hasta la esfera de escombros... y fue entonces cuando la vio... la parca, estaba flotando frente a ella, un ser etéreo y aterrador, con la piel pegada a los huesos, y sin ojos, solo estaban las cuencas oculares vacías.

Al momento de morir, la parca se presenta ante todos, humanos, ángeles y demonios, se supone que son invisibles, pero siempre entre los demonios, por ser criaturas más cercanas a la oscuridad, se escuchaban los rumores de criaturas espectrales, que no podían ser consideradas ángeles, y tampoco demonios, seres que le pertenecían únicamente a la muerte. Mantra no pudo evitar sonreírle a la parca, con algo de resignación en ese momento. La demoniza comprendió que su muerte estaba frente a ella, y en un último suspiro, usando solo sus pensamientos, le pidió a la Parca, que le mostrará cual había sido su error, y así fue, como Mantra recordó, aquella acción que le jugó en contra.

La Terminal de Transporte (2 Semanas Antes)

Un hombre caminaba con lentitud a través de los viejos autobuses, la terminal llevaba ya muchos años sin funcionar, y las constantes lluvias habían inundado algunas zonas, haciendo imposible el acceso. Este hombre, un viajero, con un aspecto que superaba los 40 años de edad, vestía una larga y sucia gabardina, que en alguna época, tenía un color más claro, pero ahora estaba completamente ennegrecida. El hombre era alto y maduro, con una fea cicatriz en el cuello, justo debajo de su oreja, estaba completamente calvo, y su nariz larga, le daba una imagen muy similar a la de un árabe en el desierto.

El hombre camino por una larga carretera, que estaba justo frente a la terminal, pero se detuvo al ver que toda la zona estaba inundada, a lo lejos pudo ver un puente de paso vehicular, que se elevaba muy por encima de la zona inundada, pensó en llegar nadando, pero no sabía qué cosas podía encontrar dentro de aquel lago formado por los años de lluvia que había azotado la zona. Se lo pensó mejor, y se regresó por el mismo camino por el que había llegado. Intento entrar a la terminal, pero las rejas estaban cerradas, y ni siquiera el paso del tiempo, había sido suficiente para oxidarlas, hasta que vio uno de los autobuses que atravesaban por completo la reja.

El viajero en ningún momento se percató de que lo estaban vigilando. Tuvo que mojarse las piernas entrando en el lago, por suerte no recibió ninguna sorpresa, trepo hasta una de las ventanas del vehículo, ingreso sin problemas al interior del mismo, y luego vio la ventana trasera rota. "No había sido el único en usar esa ruta para entrar a la terminal". En la época en la que ese autobús funcionaba, alguien desesperado, debió utilizarlo para tumbar aquella reja, pero solo logró atravesarla. El hombre evito los vidrios rotos, salto desde el interior del vehículo, a través de aquella ventana, y entro finalmente a la terminal.

Recorrió unos cuantos pasillos sin problemas, vio pequeños locales comerciales cerrados con rejas, que habían sido destruidas hace ya mucho tiempo. No debía quedar nada de valor dentro de la terminal, pero no estaba ahí para llevarse nada, solo quería atravesar aquel lugar, para llegar a un camino recto y sin problemas, que lo llevará directamente a la comunidad de los mártires. Cuando ya casi estaba llegando a la salida, "pudo ver el agujero en la reja", que seguro había sido usado por muchos otros viajeros antes, pudo verlos... casi cincuenta 50 condenados, deambulando por aquel gran vestíbulo. Para llegar al agujero, debía pasar cerca de aquellos seres.

– Pobres almas, – murmuró el hombre. Los condenados estaban en el piso de abajo, al cual se llegaba por unas escaleras. No era la primera vez que veía a los condenados, pero aún así, no podía evitar sorprenderse. Un cuerpo humano vagando sin un rumbo aparente, pudriéndose y sin contar con la posibilidad de descansar. Un contrato con Orfere, implicaba un servicio que se prolongaba, incluso después de la muerte.

El viajero bajó las escaleras y estuvo frente a frente con el primero de los condenados. Era un hombre anciano, le faltaba un brazo, pero pudo ver claramente la marca en el brazo que aún le quedaba. El hombre se metió entre la multitud de muertos, el olor era abrumador y muy desagradable, intento no mirarlos a los ojos, pero era muy difícil, no quiso pensar en lo que hicieron aquellas personas, para llegar a un fin como ese. Los muertos estorbaban, pero eran inofensivos, solo tuvo que empujar a unos cuantos para que le dejaran el camino abierto. No pudo evitar cruzar la mirada con hombres, mujeres, ancianos y niños muertos, era un espectáculo deplorable.

No espero más tiempo, dejo atrás la multitud de muertos, llegó hasta el agujero en la reja, trato de no mirarlos más, pero no pudo evitarlo, se quedó paralizado al ver la multitud, otros muertos habían aparecido. El viajero se dijo así mismo, que esa no era su responsabilidad, que no había nada que pudiera hacer por ellos. Pero el descanso eterno es algo que todos merecemos. El viajero saco una larga lanza que llevaba oculta en su gabardina, sin duda se trataba de un arma celestial, la misma tenía inscritos símbolos del alfabeto celestial. El brillo de aquella arma resplandeció, y en medio de la oscuridad, los hermosos dientes blancos de Mantra brillaron.

El viajero se movió lo más rápido que pudo, no debía utilizar sus poderes, revelarlos ante los ojos equivocados, podía significarle la muerte. Una extraña capa brillante de color oscuro, se extendió a lo largo de la lanza, y el hombre atravesó la multitud de muertos nuevamente, pero ahora manejando aquella lanza. Fueron movimientos rápidos y precisos, el arma se enterraba en la frente, en la nuca, y detrás de las orejas de aquellos muertos, en segundos, más de 20 de aquellas criaturas cayeron inmóviles al suelo. El sol brilló en lo alto, y sus rayos se filtraron por un gran ventanal en el techo de la terminal.

– ¡Hiciste todo el viaje caminando! – Exclamó Mantra. El viajero se mantuvo inmóvil, y solo cerró los ojos en una señal de decepción. Había caído en la trampa... mostró sus poderes frente a los ojos equivocados.

Mantra bajo volando desde lo alto del techo, pero no estaba sola, otro de los Generales Demoniacos la acompañaba. El demonio llamado Gargantarius, apareció de entre las sombras, y una niña condenada viva, junto con otra condenada, estaban junto a él. El viajero se dio la vuelta, tenía la lanza brillante entre sus manos, pero no mostraba miedo, su mirada era desafiante.

– Debiste hacer el viaje volando, – aconsejó Mantra, con aquella actitud de superioridad, que tanto la identificaba. La demoniza llevaba su vistosa armadura plateada, y su cabello verdoso, con esa consistencia casi líquida, le caía sobre los hombros.

– Esta provincia es un territorio bajo el dominio de Orfere, – musitó el hombre calvo; intentando mantener la calma. – La diosa debe tener espías tanto en el cielo, como en la tierra, pensé que pasaría desapercibido si hacia el viaje por tierra.

– Grave error, – se burló Mantra.

El hombre calvo se quitó la gabardina, revelando sus cuatro grandes alas, compuestas por plumas negras. El ángel guardián extendió sus cuatro alas de forma amenazadora, pero los Generales Demoniacos no retrocedieron, por el contrario, parecían estar muy emocionados ante la posibilidad de enfrentar a un ángel guardián.

Gargantarius, un demonio más alto que un hombre adulto, de piel dura, verde, y escamosa, muy similar a un reptil, cubierta de manchas negras, con un rostro que recordaba al de un lagarto, de hocico corto, pero lleno de innumerables colmillos, vestía en ese momento, una brillante armadura plateada, que protegía incluso su cola. El demonio se colocó a un lado de Mantra.

– Mi nombre es Rigariel, – se presentó el ángel, – no tengo intenciones de luchar contra dos generales demoniacos, y entiendo que he cometido una transgresión al entrar en el territorio de la diosa Orfere... pero si me permiten marcharme ahora, juro por mi honor, que no traspasaré estas tierras nuevamente.

– ¿Cuál era tu objetivo, Rigariel? – Inquirió Mantra. La niña humana condenada, se mantuvo oculta en las sombras, observando desde lejos al ángel y a los demonios.

– Ya no tiene ninguna importancia, – contestó Rigariel. Las cuatro alas del ángel seguían extendidas, una señal de amenaza que no pasó desapercibida para Gargantarius. El ángel ni siquiera llevaba una armadura, sus ropas estaban tan sucias, como la gabardina que permanecía a sus pies.

– Tal vez has escuchado los mismos rumores que nosotros, – rugió el demonio, Gargantarius. Su voz ronca y grave, era casi ofensiva, y al hablar sus colmillos asomaban brillantes y filosos. – Es sobre la comunidad de los mártires, que se encuentra bajo los dominios de nuestra Diosa.

– No tengo conocimiento sobre eso. – Mintió el ángel. Los muertos seguían deambulando alrededor del ángel y los demonios, pero aun así, Rigariel pudo ver rápidos movimientos entre la multitud de condenados.

– Si no quieres hablar, está bien, pero aun así vas a morir, – sentenció Mantra. El ángel sujeto con firmeza la lanza que llevaba entre sus manos.

– Ya les dije, que no quiero luchar. – Repitió el ángel. – Si me dejan ir ahora, juro por mi honor… – la risa estruendosa de Mantra lo interrumpió.

– Y quién te ha dicho, que vas a luchar contra nosotros, – fanfarroneó Mantra. El machete pasó a solo centímetros de la cara del ángel.

Un Celofago, un demonio con apariencia de lagarto, casi tan alto como un hombre, pero con la capacidad para caminar erguido, apareció sorpresivamente en medio de la multitud de cadáveres, pero no era el único. El ángel, aleteó con aquellas grandes alas de plumas oscuras, y enseguida se elevó. Pudo ver sin problemas a casi 15 Celofagos que venían hacia él, ocultos entre los cadáveres andantes. Mantra y Gargantarius, permanecieron inmóviles, observando el enfrentamiento, y la demoniza, con aquella hermosa sonrisa, hizo un gesto, para indicarle que mirara hacia arriba.

Rigariel, no alcanzó a ver a los Celofagos que cayeron encima de él. Estaban trepados entre las vigas del techo, esperando a que el ángel volara. Los primeros cortes, los sintió en la espalda y los brazos. Aquellos demonios estaban tratando de cortarle las alas. Eran tres Celofagos, y el ángel mató a los primeros dos, usando aquella lanza, solo que la lanza, apenas y se movió entre las manos del ángel, y tanto Mantra como Gargantarius lograron percatarse de eso. Cuando el ángel si disponía a matar al último Celofago, otros 5 cayeron sobre él desde el techo, el peso lo obligó a descender, y una vez en el suelo, no tuvo más remedio que enfrentarlos.

El hecho de no tener una armadura, era una desventaja y ventaja al mismo tiempo, Rigariel podía moverse mucho más rápido, y sus movimientos eran más sencillos. Aquella penumbra que se extendía a ambos extremos de su lanza, podía adquirir diversas formas; en eso consistía el poder de aquel ángel. Rigariel decapito a tres Celofagos, usando la lanza, que gracias a la penumbra, había adquirido una forma similar a la de una guadaña.

La sangre brotó por los cuellos cercenados de los demonios, y de inmediato el ángel retrocedió al sentir el olor del veneno en la sangre.

– Ya se dio cuenta que tienen la sangre envenenada. – Escuchó la voz grotesca de Gargantarius, pero no pudo ubicar al demonio.

Entre empujones, los condenados caían al suelo, y tanto los Celofagos, como el ángel pasaban por encima de ellos. La lanza del ángel seguía manteniendo su forma alargada, pero aquella extensión oscura, que parecía emanar directamente de las manos de Rigariel, había adquirido una forma similar a la de una ballesta, que disparaba flechas oscuras contra los demonios. Otros Celofagos aparecieron desde atrás del ángel, y este no pudo seguir retrocediendo, se detuvo. Su lanza en la punta, adquirió una forma igual a la de una espada, describió un rápido arco, y los 10 Celofagos que lo rodeaban cayeron cercenados desde la cintura hacia arriba, en esta ocasión, la sangre mancho la sucia camisa del ángel.

Rigariel se elevó, en un segundo intento de escape, pero Mantra cayó sobre él, las gruesas garras de la demoniza estuvieron a punto de enterrarse en el cuello del ángel, pero la lanza cambio nuevamente, y un escudo negro apareció entre el ángel y la demoniza. Las garras de Mantra chocaron contra el metal, sin causar daño a Rigariel, y este empujo con violencia, hasta que el escudo llego al pecho de la demoniza, chocando contra su armadura. El golpe del metal contra el metal, obligó a Mantra a alejarse, pero la demoniza había logrado su objetivo, el ángel estaba distraído, no había notado la presencia de Gargantarius. El demonio se posicionó debajo del ángel, que todavía se hallaba volando a pocos metros del suelo, Gargantarius brinco hasta Rigariel, y cerro sus fauces sobre su pierna.

La sangre mancho el rostro de Gargantarius, Rigariel intento liberarse usando su lanza, que ahora había adquirido la forma de un hacha. Gargantarius mordió con más fuerza, y rechazo el impacto del hacha, con la dura piel de su brazo derecho.

El ángel cayó al suelo junto con el demonio, y Gargantarius ahora estaba en cuatro patas, como un verdadero lagarto, agitando su cabeza con violencia. El sonido del hueso quebrándose, seguido de los músculos y la carne desagarrándose, llego antes que el dolor. Rigariel se impulsó usando sus alas, y llegó hasta el segundo piso, mientras su pierna derecha, se quedaba en la boca del demonio lagarto.

– ¡Repugnante! – Exclamó Gargantarius. La pierna del ángel cayó al suelo, el general demoníaco se incorporó hasta quedar en posición erguida nuevamente.

Rigariel se balanceo sobre su pierna izquierda. *"Su pierna derecha, ahora llegaba solo hasta la rodilla, y la sangre no dejaba de correr. El ángel quiso llorar, pero el orgullo lo obligo a seguir peleando"*. Rigariel extendió sus cuatro alas, distribuyo su peso para mantener el equilibrio sobre su pierna izquierda, y regreso hasta el primer piso, posicionándose frente a Gargantarius. El ángel estaba consciente que Mantra, se había escondido, para intentar un nuevo ataque sorpresa.

– ¡Quiere más rata emplumada! – Lo insulto Gargantarius.

– Están acostumbrados hacer esto, – murmuró Rigariel. Ya había perdido mucha sangre. – Atacan como cobardes, usando demonios con sangre envenenada, luego ella distrae, mientras tú atacas por la espalda.

– Eso te molesta, rata emplumada, – bromeó Gargantarius sonriendo. Sus colmillos estaban manchados de sangre.

– Es una actitud muy propia de los demonios, criaturas sucias y mediocres que carecen de todo honor, – insultó Rigariel. – *"Vamos monstruo, ven hacia acá, atácame"* – Pensó Rigariel. Gargantarius se molestó con el comentario, el demonio se puso en cuatro patas nuevamente, y arremetió contra el ángel.

Rigariel, pudo ver a Mantra emergiendo desde las sombras de la terminal. Gargantarius ya estaba casi encima del ángel. Rigariel partió su propia lanza en dos, el primer pedazo adquirió la forma de un escudo, con el cual repelió las fauces abiertas del demonio. El otro pedazo de la lanza, se transformó en un tridente gracias a la penumbra que emergía de las manos del ángel. Rigariel se impulsó con su pierna izquierda, quedando por encima del demonio, y enterró la punta más larga del tridente en el ojo derecho de Gargantarius. El demonio rugió al perder la vista de su ojo derecho. Rigariel bajo sus alas rápidamente, y aun en el aire, pudo ver a Mantra, con sus garras extendidas hacia él. El ángel sacó el tridente de la cuenca ocular de Gargantarius. Las garras delanteras de Mantra, llegaron hasta el hombro izquierdo del ángel, pero el tridente llegó hasta el vientre de la demoniza.

Mantra aulló al sentir el frío acero cortando sus entrañas. Rigariel, dejó el tridente enterrado en su enemiga, y ahora uso sus puños, en un desesperado intento por alejarse de los demonios. Mantra recibió dos fuerte puñetazos en el rostro, cayó al suelo, aun con el tridente enterrado en el vientre. Gargantarius atacó con mordidas hacia el vacío, el ángel estaba lejos del perímetro de visión de su ojo izquierdo. Rigariel cayó sobre su espalda, mientras veía a Mantra retorciéndose en el suelo, y Gargantarius, luchando contra la nada. En ese momento el ángel pensó en rendirse, ya había perdido demasiada sangre, luego recordó algo, extendió sus alas, y voló hacia el agujero en la pared, abandonó la terminal sin mirar atrás.

– ¡Le falta una pierna! – Escuchó la grotesca voz de un enfurecido y frustrado Gargantarius. – ¡No llegará lejos!

– ¡Lo interceptaremos en la comunidad de los mártires! – La voz de Mantra le llego, cuando ya iba sobrevolando el lago formado por los años de lluvia, en las afueras de la terminal.

La Cuidad en Ruinas. 5 de Febrero de 2200 (El Presente)

El último de los ciclopes cayó, luego que Diego le atravesará el corazón con su puño derecho. El protegido se incorporó con su uniforme oscuro embarrado de tripas y sangre, pero estaba consciente que no habría sobrevivido, si la ayuda no hubiera llegado a tiempo. El ejército de ciclopes, era ahora un ejército de cadáveres carbonizados, en efecto muchos de ellos murieron a causa de las armas de fuego automáticas, que llevaban los soldados que habían acudido como refuerzo, pero la mayoría de los demonios fueron presa de las llamas. El fuego acabo tanto con los que ya estaban muertos, como con lo que aún seguían luchando.

– Definitivamente el capitán Bethancourt, siempre piensa en todo, – le comentó Diego, a la mujer rubia que se hallaba de pie en medio de los cadáveres quemados. La joven tenía ambos brazos envueltos en llamas, pero su piel no se estaba quemando.

– Estos demonios, no perecían tenerle miedo al fuego, – indicó la protegida, con ambos brazos, aún envueltos en llamas. La joven protegida, podía estar iniciando los 20 años de edad; era de estatura baja, y delgada, su cabello, largo y sedoso de color rubio, le llegaba hasta la cintura, tenía un rostro hermoso y perfilado, y ojos de color verde.

– Bueno Natalia, lo importante, es que acabamos con ellos, – exhaló Diego, aliviado. Los soldados que usaban ropa hecha con la piel de demonios, corrían entre los cadáveres quemados, buscando demonios que hubieran sobrevivido a la oleada de fuego, generada por aquella joven rubia.

– Aún no he escuchado de ninguna criatura viva, que no tema al fuego, – contestó Natalia sonriendo. La joven protegida, irradiaba una personalidad gentil, lo cual era bastante contradictorio, luego de ver de lo que era capaz.

– ¿Qué tenían pensado hacer con tantos soldados? – Preguntó Luis. El muchacho se había acercado a ellos, y no despegaba sus ojos de los brazos en llamas de Natalia. Al recién llegado, le parecía algo curioso, que la joven protegida no se quemara, pero que, aun así, presentara tantas cicatrices a lo largo de la piel en sus brazos.

– No puedes culparnos por desconfiar, – argumento Diego, encogiéndose de hombros.

Luis estaba molesto. Hacia solo unos momentos, estaba rodeado por un ejército de ciclopes, mientras a lo lejos observó a Mantra, entrar en el puente peatonal en donde se encontraban su líder y su hermano. Luego, la situación cambio inesperadamente, otro grupo de soldados apareció, acompañando a una nueva protegida. Una mujer con la habilidad para sangrar fuego, un fuego tan intenso que barrio con un ejército completo de demonios. Para Luis aquello era inconcebible, puesto que ellos, él y sus compañeros, llevaban años luchando contra los demonios, y al final perdieron, y ahora estos extranjeros llegaban, y los salvaban a todos sin problemas.

– ¡Ustedes no saben lo que han hecho! – Exclamó Luis, y señalo hacia la esfera de escombros, formada por láminas de metal y pedazos de concreto, que aún se mantenía flotando a pocos metros del suelo. – ¡Asesinaron a un General Demoniaco!

– Pensé… que eso era algo bueno, – dudo Diego, confundido ante la actitud del joven guerrero, vestido con pieles de demonios.

– Debimos tomarla como prisionera, – aseguró Luis. – Después de esto, otros van a venir, esto es una afrenta contra la diosa Orfere.

La esfera de escombros, formada gracias al poder para controlar de gravedad del protegido Edgar, poco a poco empezó a perder su fuerza. Las rocas empezaron a caer, y los escombros se aflojaron, incluso partes del cuerpo aplastado de la demoniza Mantra, asomaron, mientras la esfera se terminaba de desintegrar. A lo lejos, Natalia pudo ver al equipo médico, liderado por la doctora Norelis. Estaban ayudando a los heridos, entre ellos estaba Edgar, quien había perdido el conocimiento.

– Dices que debimos tomar prisionera a esa demoniza, – repitió Natalia. La joven miro fijamente a Luis. – Sin duda era una demoniza poderosa, Edgar debió luchar con todas sus fuerzas para matarla, y se arriesgó más de la cuenta.

– ¡Crees que Orfere no tiene demonios poderosos, esto es solo el inicio, hemos matado a un "Demon Oniorus"! – Advirtió Luis. Las garras filosas de Mantra, colgaban de la gran esfera.

– Mi amigo Edgar, – empezó Natalia; tratando de comprender, al menos parcialmente, el temor de aquel joven guerrero. – Es un protegido muy fuerte, tan fuerte, que su poder puede incluso lastimarlo así mismo.

– Pero…– intento hablar Luis. Diego le puso la mano derecha sobre el hombro, no de una forma amenazadora, sino como lo haría un amigo para calmar a otro, ante una situación preocupante.

– El poder de Edgar se genera en su cerebro, – detalló Natalia; recordando lo que había leído de él, en un expediente, hace mucho tiempo. – Ya le habían dicho, que no debía utilizarlo, a menos que fuera estrictamente necesario. Cuando Edgar supo que había personas en este lugar, se ofreció como voluntario para ayudar, y fue el único que no dudo, que aun existían personas buenas en estas tierras.

– Yo solo digo, – habló Luis; evitando los comprensivos ojos de Natalia. – Que debimos tomarla prisionera, esto traerá consecuencias, que recaerán sobre la comunidad de los mártires.

– Entonces, debes estar agradecido, que nosotros seamos amigos de la comunidad de los mártires. – Natalia camino hasta Luis, y al igual que Diego, puso su mano en el hombro del muchacho. – Nosotros, nunca abandonamos a nuestros amigos.

Natalia siguió caminando, sin esperar la respuesta de Luis. Las cenizas estaban manchando su uniforme y su cabellera rubia, pero eso no le molestaba, así como tampoco le molestaba el fuego rodeando su cuerpo. Ya estaba en tierra firme, y lo primero que hizo, fue usar el fuego que corría por sus venas, para quemar a un ejército de demonios. No estaba sorprendida, sabía que tenía una misión, y debía encontrar a su ángel guardián para cumplir esa misión. La protegida saludo a varios soldados, Natalia siempre fue algo así, como la niña consentida, pero eso era algo normal, siendo la sobrina del capitán Bethancourt. Llegó hasta donde se encontraba la bola de escombros formada por los poderes de Edgar, y se sorprendió de ver, como los poderes de su amigo, perduraban aun después de que él no estuviera cerca. Pudo ver el hermoso rostro, casi humano de Mantra, el cuerpo de la demoniza estaba destrozado, pero su rostro había permanecido intacto.

– Al parecer Edgar asesino a alguien muy importante, – musitó, Jeremías Bethancourt. El capitán estaba detrás de ella.

– ¿Edgar se va a poner bien? – Preguntó Natalia; absorta en el perturbador y hermoso rostro de Mantra.

– Sufrió daños, pero Norelis asegura que con tratamiento será el mismo de antes, – explicó el capitán; también fijando su atención en la demoniza, con la cual, trató de llegar a un acuerdo, sabiendo que está, no lo aceptaría.

– Por cuánto tiempo…– comento Natalia de forma sarcástica. – Hasta que tenga que usar sus poderes de nuevo. – Se contestó la protegida así misma. El capitán, notó el tono de reproche en la voz, normalmente amable, de su sobrina.

– Piensas que esto ha sido mi culpa, – dedujo el capitán, con tono de vos resignado; pero manteniendo una mirada firme y orgullosa.

– Sé que no es tu culpa tío, – acotó Natalia; mirándose las feas cicatrices que mancillaban la piel de sus brazos. – Conozco a Edgar, él no es como Juan, que solo quiere pelear, ni como Tobías, que solo le interesa aprender más de los demonios. Edgar quiere ayudar, salvar vidas, proteger personas, y hoy, a tan solo unas horas de haber perdido el conocimiento por tratar de ayudar, escuche a un soldado culpándolo por las represarías que iban a tomar los demonios. – Agregó la protegida; poniéndose en los zapatos de su amigo Edgar.

– Esta gente, lleva muchos años bajo el poder de los demonios, para ellos es normal vivir asustados, – contestó el capitán; tratando de justificar las palabras del aquel soldado, al que se refería su sobrina. – Pero hoy, aunque no lo crees, hemos logrado algo grande, estamos conociendo al enemigo. – Parafraseó el orgulloso capitán.

– ¿Enemigo? – Inquirió Natalia. – Pensé que estábamos buscando una solución diplomática, que ese era uno de los principios fundamentales del proyecto Reconquista.

– No hemos venido aquí a masacrar demonios, – aclaró el capitán; en seguida, Natalia le señala la montaña de cadáveres quemados que se encuentra detrás de él. – No vamos a matar demonios, que no se opongan a nosotros. – Se apresuró a aclarar el capitán. Su tono de voz había cambiado. Natalia sabía bien, como cuestionar las acciones de su tío.

– Tío, si quieres que mate, y queme cosas en nombre de ese proyecto, solo tienes que decirlo, – dilucidó la joven protegida, hablando con mucha calma. – Pero no me mientas, no me hables de soluciones diplomáticas.

INTERLUDIO 1

Diario de los Demonios (Autor Desconocido)

Jerarquía Militar de los Demonios

Los demonios se auto clasifican siguiendo el patrón de uno de sus símbolos sagrados: La Pirámide. En ese sentido, la punta de la pirámide es el rango más alto, mientras que en la base se encuentra el rango menor. Esta jerarquía militar fue establecida por los dioses demoníacos, luego de ocupar la mayor parte de las tierras que componen el territorio de Panamá, pero no es el mismo criterio empleado por los demonios que habitan el infierno.

Berial Demon o Híbrido (7ma. Séptima Jerarquía)

Son los demonios que han nacido, como consecuencia del cruce biológico entre un demonio de sangre pura, y un humano. En esta categoría también entran los demonios producto de un cruce biológico con las especies nativas del territorio de Panamá. También se puede crear un híbrido, a partir de la ingesta de carne o sangre de demonio, lo cual es el caso de muchas especies nativas del territorio, que mutaron luego de adicionar a su dieta componentes propios de la morfología demoníaca. Los híbridos no tienen derechos, y son considerados iguales de los humanos.

Demon Saval o Demonio Salvaje (6ta. Sexta Jerarquía)

Son demonios que no poseen mezclas con ninguna especie. La sangre de estos demonios es considerada pura, pero se encuentran en la sexta jerarquía, porque la mayoría de estos demonios no poseen una inteligencia desarrollada. Algunos son capaces de comprender ciertas palabras, pero no son capaces de dominar ningún idioma por completo. Estas criaturas casi no tienen una capacidad de razonamiento, y se dejan llevar por sus instintos más básicos: alimentación, reproducción, supervivencia. Son utilizados por demonios de rangos más altos, para funciones laborales, o vigilancia.

Demon Leguii o Demonio Inteligente (5ta. Quinta Jerarquía)

Son conocidos como los demonios de la quinta jerarquía. La sangre de estos demonios es igualmente pura, y libre de cualquier mezcla. Son todos los demonios con una capacidad de razonamiento normal, los capaces de entender y comprender en palabras, muchos de ellos pueden dominar idiomas, y han adoptado muchos términos y conceptos de la raza humana, como la facultad de comerciar productos y servicios. No son excepcionalmente fuertes, pero sin duda su peligrosidad está en su astucia. Muchos de ellos hacen contratos con los humanos, proporcionando conocimientos a estos, y en ocasiones habilidades y poderes especiales.

Demon Turun o Demonio Soldado (4ta. Cuarta Jerarquía)

Demonios de sangre pura, libre de mezclas. No son necesariamente más inteligentes que los demonios de la quinta jerarquía, pero están por encima de ellos, debido a que ellos sirven directamente dentro del ejército de un dios demoniaco. Estos demonios siempre se diferencian de los demás por utilizar armaduras, armas y pociones, creadas directamente con la sangre de un Demon Xonori o sacerdote demoniaco. Una vez que un Demon Turun, decide servir a un Dios demoniaco, estará ligando tanto su vida, como su alma a ese Dios.

Demon Oniorus o General Demoníaco (3ra. Tercera Jerarquía)

Son demonios sui generis, es decir, que son únicos en su clase, no pertenecen a ninguna especie demoníaca en particular, aun que nacieron siendo demonios pertenecientes a cualquiera de las jerarquías señaladas anteriormente, excepto a los de la séptima jerarquía. Estos demonios, pueden ser Demon Saval, Demon Leguii, o Demon Turun, pero debido a sus acciones destacadas, son alterados biológicamente, por orden de un dios demoniaco, y gracias a los poderes de un Demon Xonori. Estos demonios desarrollan habilidades únicas, y a su vez, su morfología se ve drásticamente afectada, adquiriendo en muchas ocasiones una apariencia física muy diferente.

Demon Xonori o Sacerdote Demoníaco (2da. Segunda Jerarquía)

Se dice que estos demonios, nacen directamente de la carne de un dios demonio, sus poderes superan ampliamente a los Demon Oniorus, y poseen tanto una inteligencia excepcional, como una fuerza bruta incomparable. Los sacerdotes demoníacos, son por decirlo así, la guardia personal de un dios demonio, y son la conexión que existe entre el ejército y el dios que los gobierno. Por eso se dice, que el sacerdote demoniaco, habla con la voz del dios demoniaco. El Demon Xonori, es una extensión del cuerpo del dios demoniaco, y se dice que si el dios muere, todos sus sacerdotes demoniacos mueren con él.

Demon Deus o Dios Demoníaco (1ra. Primera Jerarquía)

Información Incompleta.

CAPÍTULO II

La Frontera

Javier podía ver su aldea desde arriba, casi como si estuviera flotando sobre ella. La aldea rodeada por los ríos, también conocida como la "comunidad Sixaola". Se trataba de un pequeño grupo de casa de concreto, que en realidad solo eran ruinas de antiguas mansiones, en donde habitaban hasta tres familias. Todas las casas estaban posicionadas alrededor de un gran edificio, el cual era utilizado por la Guardiana de Vida y su familia. Javier observó su comunidad por casi un día completo. Todo era igual a como él lo recordaba, las mujeres y sus esposos eran los primero en levantarse, se internaban en los profundos ríos alrededor de la aldea, y comenzaba la pesca, la faena diaria de todos los días.

Llegado el medio día, las personas más jóvenes y los ancianos, se organizaban para cocinar la pesca del día. Los niños eran enviados desde temprano a las casas de aprendizaje, en donde mujeres muy viejas, que aun recordaban los tiempo en que los demonios no recorrían ese territorio, pasaban enseñando las nociones básicas. Era un día normal, y la aldea sobrevivía sin problemas. Las personas no temen a los demonios, porque los ríos siempre se interponían. Era como vivir en una isla, y así había sido durante muchos años, pero en esa noche, las cosas cambiaron.

Javier miró desde arriba, como el día empezaba a morir, para darle paso a la noche, y su vista se enfocó en los monstruos que llegaron nadando desde río arriba. No era la primera vez, que la gente de la comunidad Sixaola, veía demonios nadando por aquellos ríos, se sentían seguros gracias al mandamiento: *"Todos los demonios tienen prohibido ingresar en el territorio de una comunidad humana"*. Ese mandamiento los mantuvo a salvo, durante muchos años, pero era un mandamiento que solo se aplicaba a los demonios de sangre pura, los híbridos, por otro lado, no seguían ninguna regla.

El primero de ellos emergió por la orilla del río. Javier lo observó de cerca, y la imagen era igual de aterradora. Era una criatura salida de una pesadilla. Tan alto como un hombre adulto, con la piel formada de escamas gruesas y oscuras, caminaba erguido como un humano, pero aun así seguía pareciendo un lagarto, las personas los llamaban: *"Hombres Dragón"*. La cabeza de aquella criatura era igual a la de un dragón, pero más pequeño, con dos gruesos cuernos en cada lado de la cabeza. Detrás del primero aparecieron otros 20, todos estaban emergiendo por las orillas del río.

Los vigilantes dieron la voz de alerta, las personas salieron de sus hogares llevando lanzas, tridentes, arcos con flechas y machetes. El primero de los hombres dragón, se detuvo al ver a un grupo de 11 hombres, llegando de frente. El híbrido movió la cabeza, casi en un gesto de curiosidad, se arrojó al suelo quedando en 4 patas, con la cola alzada de forma amenazadora, y algo brillante iluminó la piel alrededor del cuello de este. La criatura abrió su hocico similar al de un lagarto, sus dientes brillaron con la luz de la luna, pero estos, no eran la verdadera amenaza. El fuego brotó desde su garganta como si fuera vomito. Javier cerró los ojos, antes de ver como el fuego abrasaba a los 11 hombres sin contemplación

El olor del humo, y la carne quemada, se combinó de una

forma nauseabunda, con los gritos, los gemidos, y los alaridos de las personas que se arrojaban a los ríos envueltos en llamas, solo para terminar en las fauces de los híbridos aguardaban en el agua. Javier intento dejar de respirar, el olor de la carne chamuscada empezaba a revolverle el estómago, y fue entonces cuando la vio. Una mujer pequeña, de piel clara, subida de peso, con el grueso cabello negro amarrado en una cola. Su madre estaba corriendo por las calles de la pequeña aldea, esquivando cadáveres quemados, y casas envueltas en llamas.

Javier lloró al ver a su madre. En ese momento debía estar regresando de alguna de las casas de aprendizaje. Ella al igual que las mujeres que vivieron en Panamá, antes de la invasión de los demonios, ponía de su parte, para impartir conocimientos a las nuevas generaciones. – *¿Por qué no te quedaste en la casa, madre?* – Murmuró Javier, para sí mismo. La mujer, aún ágil para su edad, llegó hasta una esquina que doblo rápidamente, solo para encontrarse de frente con su hijo.

Ahora Javier estaba viendo todo desde un ángulo más cercano. Estaba posicionado detrás de su madre, observando lo mismo que está veía. Se estaba viendo así mismo, estaba viendo al otro Javier. Su madre sonrió al ver que su hijo estaba bien, pero su expresión cambio al ver el miedo en los ojos de su hijo. Un hombre dragón venia caminando en cuatro patas hacia el muchacho, sin percatarse de la presencia de la mujer.

Lo que estaba pasando, ya no podía ser remediado, estaba viendo solo un recuerdo. Su madre estaba detrás de un muro, observando cómo su hijo retrocedía, mientras el híbrido se acercaba con el hocico abierto, y la garganta brillando. El fuego abraso primero el rostro del muchacho, quemando su cara y su cabello. Escucho los gritos de su madre, y se dio la vuelta dándole la espalda al híbrido. Ahora Javier no estaba viendo la acción desde lejos, estaba ahí, frente a su madre, dándole la espalda al híbrido, y sintiendo el dolor de las quemaduras en su rostro. Un fuerte chasquido se escuchó, y otra ráfaga de fuego abrasó la espalda de Javier. Su madre corrió hacia él, lo lanzo al suelo de un solo empujón, y cayó sobre él, en un inútil intento por apagar las llamas, usando su propio cuerpo.

Su madre se quemó los brazos y piernas, y rodó junto a él, por el suelo de tierra. El híbrido los siguió con la mirada. Dos hombres cayeron sobre el hombre dragón, la criatura lanzó otra ráfaga de fuego, pero lo hombres habían aprendido de su enemigo en muy poco tiempo. Lo apuñalaron usando lanzas y machetes, peleando de cerca, y manteniéndose en todo momento a espaldas de la criatura. Con dos rápidos movimientos, lograron decapitarlo, y del cuello del este, emergió un aceite blanco y sangre al mismo tiempo, el aceite blanco, no tardó en incendiarse. Otros dos híbridos más aparecieron, y los hombres, corrieron el mismo destino que el resto de la aldea. Su madre lo arrastró por el suelo, luego de apagar las llamas. Javier podía sentir como la piel quemada se le caía del cuello, había perdido la vista del ojo izquierdo. Su madre actuó de forma instintiva, y lo protegió como pudo. La mujer encontró escombros: piedras, madera, hierro, y los coloco con suavidad sobre el cuerpo de su hijo quemado. – *Quiere que los demonios piensen que solo soy un cadáver más* – Comprendió las acciones de su madre.

Su madre lo beso en la frente, le dijo cuanto lo amaba, le pidió que fuera fuerte, y que olvidara todo lo que había pasado esa noche. Javier intento retenerla, sabía lo que iba hacer. – *Hará lo que haga falta para mantener a los híbridos lejos de mí.* – Javier repitió esa frase varias veces. Ahora estaba viéndolo todo desde el suelo. Su madre no llegó lejos, cuatro híbridos la acorralaron en cuestión de segundos. Intento cerrar los ojos, pero ya los tenía cerrados, y, aun así, podía ver todo lo que pasaba, observo las cuatro ráfagas de fuego avanzando hasta su madre. Vio como la mujer que le había dado la vida, ardió en llamas.

Javier gritó, pidiéndole perdón a su madre por ser tan débil, y lloró, suplicándoles a los demonios para que también lo mataran a él. Las quemaduras ya no le dolían, y poco a poco fue perdiendo también la vista del ojo derecho. El joven se retorció en la cama gritando y llorando, una mujer a su lado trato de calmarlo, pero fue en vano. Javier, estuvo a punto de saltar de la cama, lanzando puñetazos al aire.

La Frontera. 25 de Febrero de 2200

–*...no tengas miedo, aquí no te pueden hacer daño...*– le susurró una mujer al oído; pero Javier aun no abría los ojos. La pesadilla había sido más real ahora.

La mujer se mantuvo a su lado. Lo abrazó, pero él seguía forcejeando, para liberarse de los escombros que su madre había puesto encima de él. Javier aún no terminaba de despertarse, y la oscuridad de la habitación, le recordaba a la ceguera que había mantenido durante aquellos espantosos días. El muchacho finalmente abrió los ojos, y vio a la jovencita que estaba a su lado. Una chica bajita, de unos 17 años, de piel oscura, con los cachetes amplios, y con el cabello negro lacio y muy largo, cubriéndole casi toda la espalda.

- Lo siento Marlene, te volví a golpear de nuevo, – se disculpó Javier. Una de las mejillas de la chica estaba moreteada, pero esta seguía sonriendo.

- No te preocupes, solo fue un rozón, – aseguró la muchacha, – esas pesadillas están cada vez peores.

- ¿Qué paso con los Minotauros? – Inquirió Javier; al recordar la manada de demonios que lo había atacado.

- Ya se fueron todos, – contestó Marlene. La muchacha no dejaba de mirarlo, con un extraño gesto, que parecía una mezcla de romanticismo y admiración. – Gracias por lo que hiciste, me protegiste de los minotauros, sin pensar en tu propia seguridad.

- No podía quedarme sin hacer nada. – Javier, había querido usar la máscara, pero desde que había llegado a aquel misterioso mundo, la máscara no funcionaba igual, y había perdido el contacto con el ángel Nidariel.

– Creo que debes recostarte, el minotauro te golpeo muy fuerte en el pecho, – le recordó Marlene. Javier pudo sentir la mano de la chica deslizándose por su pierna, muy por encima de su rodilla.

La cortina se abrió de golpe, y una mujer alta, de facciones faciales asiáticas, con un tono de piel muy claro, se quedó mirando a los jóvenes. Marlene apenas y se movió, Javier intento levantarse, pero se mantuvo inmóvil y avergonzado, al ver que las caricias de Marlene en su pierna, habían provocado un efecto inesperado. Javier alejó la mano de la muchacha, pero mantuvo las sabanas encima.

– Veo que ya te sientes mejor, – balbuceó la mujer alta. Su nombre es Victoria, y fue la primera humana, que vio Javier, cuando llegó al mundo que se encontraba del otro lado del portal.

– Debe mantenerse descansando, – aseguró Marlene, luego de un incómodo silencio.

– No sabía que eras la Guardiana de Salud de la comunidad, Marlene, – ironizo Victoria. La mujer devolvió una agradable sonrisa a la muchacha, y está, enseguida abandonó la habitación.

– Le aseguro que no estaba haciendo nada malo, – corroboró Javier; asumiendo su responsabilidad, por sus propios reflejos involuntarios.

– No pongas esa cara, – contestó Victoria riéndose; dedicándole una mirada traviesa, al bulto bajo las sabanas, – no es un pecado tener una erección.

Javier se puso rojo, comenzó a temblar, intento hablar para defenderse, pero su cuerpo seguía traicionándolo. Bajo las sabanas apenas podía moverse, y cada movimiento que hacía con las piernas, le producía un cosquilleo muy agradable. Victoria, una mujer alta, hermosa, de piel clara, y cabello largo, lacio y negro; se inclinó muy cerca de su cara, le dio un largo beso en la mejilla.

– Jamás podré terminar de agradecerte por salvar la vida de Marlene, – farfulló la mujer, con sus labios gruesos y rojos, muy cerca del rostro de Javier, – voy a darte un momento, para que hagas algo con respecto a eso…– la mujer le guiño el ojo a Javier, y esté se puso aún más rojo. – Cuando termines, sal un momento, quiero que hablemos un poco.

Al igual que el día anterior, la pesadilla había quedado atrás. Javier se incorporó, sabía que el día estaba cada vez más cerca, esos demonios llegarían a la comunidad que lo había visto crecer, pero desde el lugar en el que se encontraba ahora, no podía hacer absolutamente nada. El golpe en el torso, le había dejado un feo moretón, pero ya estaba un poco mejor, salió de la habitación, y de inmediato la brillante luz del sol azul le baño el rostro. Aquel mundo lo había tomado por sorpresa, la primera vez que lo vio, pero después de unas largas semanas, finalmente se acostumbró a ver aquel lugar, que parecía sacado de un sueño.

Javier camino por una zona de tierra dura, en donde algunos árboles marchitos aun persistían. Estaba rodeado de personas de todas las edades, hombres cargando objetos pesados, y ayudando a formar un nuevo campamento. Este era ya el octavo campamento, la gente se había acostumbrado a ese estilo de vida, peregrinando de un lugar a otro. A lo lejos pudo ver a Marlene. La chica está rodeada de niños, hacia pocas semanas la habían nombrado Guardiana de Alimentos, un cargo muy importante, que la obligaba a mantenerse pendiente de los niños de la comunidad. Aun que Javier sospechaba, que aquel nombramiento repentino, era solo una estratagema para mantener a la chica lejos de él.

La frontera no era un lugar normal, y Javier lo entendió desde el principio. Luego del enfrentamiento entre la bruja Ursina, y el dios demoniaco Daroff, pudo llegar a ese mundo gracias al portal creado por la bruja. Una vez en aquel nuevo mundo, lo primero que llamo su atención fue el brillante sol azul en el cielo, el cual no tenía el mismo efecto que un sol normal, puesto que en la Frontera, siempre era de noche, y las estrellas resplandecían, sin ningún problema al lado del brillante sol azul. La comunidad liderada por Victoria, no tardó en encontrarlo, para ese entonces Javier llevaba menos de un día, vagando de un lugar a otro, llamando a Nidariel, pero la angeliza nunca se presentó.

Victoria lo acogió como a uno más de sus amigos, rápidamente le consiguió un trabajo en la comunidad, recogiendo los gordos frutos que crecían a lo largo de aquella tierra tan anormal. Javier, nunca escuchó preguntas sobre cómo había llegado a ese lugar, al parecer era algo muy normal, que la gente simplemente apareciera en ese mundo. Por lo poco que había escuchado el muchacho, la Frontera, era en realidad un punto de conexión entre cuatro grandes mundos, el primero de ellos "Siorapa" o el Paraíso, el mundo en el cual habita Dios, y los ángeles principados, el segundo mundo, "Gapirotuo" o Purgatorio, el mundo en el cual gobiernan los ángeles y donde residen las almas humanas que aspiran llegar al mundo del descanso eterno. El tercer mundo es conocido como el mundo de los humanos, el cuarto y último mundo, "Niforen" o Infierno, el mundo gobernado por los demonios, y donde son torturadas las almas humanas, por los pecados cometidos en vida.

Según lo que había escuchado, la Frontera, es el punto de conexión entre los cuatro mundos, y ninguna criatura perteneciente a uno de esos mundos, puede llegar a otro diferente, sin antes pasar por la Frontera. Y de hecho, eso era la Frontera, una unión de los cuatro mundos, en donde la noche podía durar años, y había dos soles. Javier no tardó en notarlo, la tierra por la que caminaba era firme, pero en muchas ocasiones casi sentía como si el continente entero se desplazara hacia la izquierda. Una mañana se levantó temprano, y descubrió una montaña que había aparecido hacia el norte, luego a la semana siguiente, un gran océano azul, estaba posicionado en el cielo, justo encima de ellos, a miles de metros de altura. – *Las leyes de la gravedad no funcionan igual en este lugar.* – Comentó un hombre grande y gordo, que llevaba un bigote de pelo rojizo, aquel hombre estaba calvo, así que el bigote le daba una apariencia ridícula. Javier después escuchó que aquel hombre, llamado Roberto, era la mano derecha de Victoria, casi un líder, cuando la mujer no se encontraba dentro de la comunidad.

El tiempo que permaneció trabajando dentro de la comunidad, casi fue placentero, recordó a sus amigos y vecinos en la aldea Sixaola, y nunca sintió la necesidad de usar la máscara del ángel Nydas. Aún seguía tratando de contactar a Nidariel en las noches, pero la angeliza, no respondía a sus palabras. Pensó en contactarla en sueños, había escuchado a Kairos decir, que los ángeles pueden comunicarse a través de los sueños, pero cuando cerraba los ojos, solo veía las llamas que envolvía a su aldea. Hubo semanas en las que el sol azul desapareció, dando pasó a otro sol, un sol rojo. La gente le había dicho que el sol rojo flotaba la mayoría de las veces por debajo de ellos, y que el mundo en que estaban, era totalmente plano, lo que quería decir, que este mundo, tendría esquinas en las que inevitablemente terminaría. Javier al principio no se lo creyó, hasta que lo vio con sus propios ojos. El muchacho llegó hasta lo que parecía ser un acantilado, y retrocedió horrorizado al ver varias porciones de tierra muy por debajo de él. Era como ver miles de islas flotando a la deriva en el espacio, y al final, debajo de todas aquellas islas, estaba el gran sol rojo.

– ¡Esto es lo mismo, por lo que Raquel, nos expulsó del castillo! – Javier escuchó la discusión. Victoria estaba en el centro del campamento, todas las personas estaban escuchando, pero fingían no hacerlo. Roberto el hombre del bigote rojo estaba con ella, y el que estaba discutiendo, era un hombre flacuchento, de nariz larga y ojos saltones, con una mata de cabello rubio descolorido.

– Tu sabes que Raquel, no era ninguna líder, – le recordó Victoria, – y ella no nos expulsó, nosotros decidimos irnos.

– ¡Crees que el ataque de los minotauros fue al azar! – Vociferó indignado, el hombre flacuchento. – ¡Tenemos a un condenado entre nosotros! – Agregó, adelantándose a las palabras de su líder.

– Esa es una acusación muy seria, Gabriel, – replicó Victoria; en seguida la discusión se detuvo. Los tres habían notado la presencia de Javier.

– Perdonen, voy a regresar ahora más tarde…– se disculpó Javier, pero Victoria, no lo dejo ir.

– No te vayas Javier, – llamó Victoria. La líder observó al hombre flacucho llamado Gabriel. Tanto para Roberto, como para Gabriel, fue evidente que Victoria quería quedarse sola con Javier. – Nosotros ya hemos terminado aquí. Me gustaría que me acompañaras Javier.

El hombre llamado Roberto le dio una palmada amistosa en la espalda a Javier y se alejó; pero el hombre flacucho, "Gabriel", se alejó mirándolo con gesto de desdén y desprecio. Victoria no dijo nada, y simplemente se limitó a caminar, sabiendo que Javier la seguiría. Se alejaron del campamento, hasta unos 50 pasos. Javier pudo ver a lo lejos el enorme océano azul, flotando por encima de una gran montaña.

– ¿Alguna vez te dije, como había sido mi llegada a este lugar? – Inquirió Victoria a Javier. La mujer podía tener unos 45 años de edad, pero aun así, era muy hermosa, y su rasgo más llamativo, era aquel hermoso cabello negro, que le caía sobre la espalda.

– Llegaste por un portal, – corroboró Javier. Había recordado una conversación que mantuvo con la líder, unas semanas atrás. – Fue Ursina la que te trajo aquí.

– Tenía dos hijos Javier, – parafraseó Victoria; disimulando su tristeza. – Perdí a uno, cuando aún era muy pequeño, y luego perdía a mi hija, cuando Ursina me arrastró hasta este lugar. – Victoria, vestía una bata ceremonial de color blanco. Según había escuchado, era la ropa que utilizaba la anterior líder de la comunidad. – Sé que escuchaste la conversación que mantuve con Roberto y Gabriel.

– ¿Quién es Raquel? – Interrogó Javier. El muchacho no se molestó en ocultar lo que sentía. El ataque de los minotauros, debía ser solo la punta del iceberg.

– Ya antes nos habíamos enfrentado a demonios salvajes, es lo que más abunda en este territorio, pero nunca nos habían atacado de esa forma, casi parecía como si estuvieran buscando algo, – explicó la líder de aquella comunidad. – Raquel, llegó a este mundo junto conmigo, fuimos amigas, y juntas compartimos el liderazgo sobre esta comunidad.

– ¿Crees que esa mujer, Raquel, hizo que los minotauros nos atacaran? – Inquirió Javier. Aunque el muchacho, sabía la respuesta a esa pregunta. Ningún demonio se dejaría manipular por un ser humano; son demasiado orgullosos para eso.

– Raquel, es una mujer cruel, pero no es capaz de algo como eso. Cuando nos separamos, ella se volvió la Guardiana de Vida de la mitad de esta comunidad, y yo quede como la líder del resto, – parafraseó Victoria. Los rayos de luz del sol azul bajaron su intensidad, el océano flotante, estaba pasando justo por encima de ellos en ese momento. – Antes teníamos la idea, que los demonios solo atacaban, cuando teníamos a personas en nuestra comunidad, que habían hecho contratos con demonios inteligentes.

– Los Demon Leguii, – musitó Javier; recordando aquel extraño término, que comúnmente era empleado por los demonios, – crees que hay un condenado entre nosotros.

– No sé qué pensar Javier, – aseguró Victoria, con un tono de resignación, – pero los demonios salvajes, siempre buscan la forma de conseguir más poder, y este poder es fácil de conseguir, si tienen acceso a un contrato demoniaco. Por medio de estos contratos, un Demon leguii, es capaz de proporcionarle poderes codiciados, a los seres humanos.

– Si descubren al condenado… ¿Qué piensas hacer? – La cuestionó Javier; imaginándose su posible respuesta.

– Tengo una responsabilidad para con las personas de esta comunidad, – indicó Victoria; mostrándose tan estricta, como cabría esperar en una líder. – Haré lo que sea necesario para protegerlos. Aun si tengo que caer al mismo nivel de Raquel.

Javier le sostuvo la mirada a Victoria, durante unos incomodos 15 segundos. Sabía que la mujer sospechaba de él, y no estaba equivocada. Los minotauros, habían atacado la comunidad en busca de un condenado. Javier era el condenado al que estaban buscando. Luego que la máscara dejara de funcionar, y que perdiera su conexión con Nidariel, Javier recurrió a la única opción que tenía, firmar un pacto con un demonio, pero no con cualquier demonio. La marca de los condenados, no estaba en su brazo derecho, estaba oculta detrás de su oreja izquierda.

Victoria le dedico una última sonrisa y se alejó. Javier permaneció inmóvil, preguntándose si había tomado la decisión correcta. Luego de tanto luchar para recuperar su alma, había decidido vendérsela a un demonio, en un intento desesperado por conseguir el poder que necesitaría para derrotar a Ursina. Javier recordó las palabras del demonio, el día que firmó el contrato: *"No estoy interesado en tu alma, humano, esto es solo un formalismo, yo quiero mi venganza, y cuando la tenga, este contrato se romperá por sí solo, pero asegúrate de no morir antes, o si no, tendré que quedarme con tu alma, aunque no me sirva para nada"*.

Javier recordó su primer encuentro con Daroff, pero no el que se dio en el mundo de los humanos, dentro de aquella escuela en ruinas e inundada, sino el que sucedió en la Frontera. En ese entonces, Javier era un recién llegado en la comunidad liderada por Victoria, y su trabajo era sencillo, dedicarse a recoger unas raras y gordas frutas que crecían dentro de las profundas hierbas que se extendían por aquel continente flotante. El lugar era en su mayor parte un desierto abrasado por la luz del imponente sol azul, pero había pequeñas zonas, en donde aún era posible encontrar vegetación, y esa era la tarea de Javier, dedicarse a encontrar y recoger las gordas frutas que crecían en la vegetación. Pero el muchacho, no olvidaba su misión, todas las noches se aislaba del resto del campamento, en un desesperado intento por contactar a Nidariel. Repetía el mismo proceso al día siguiente, durante las primeras horas de la mañana, cuando la gente del campamento todavía dormía, después de una noche de tortura causada por sus propios sueños, viendo a su madre morir una y otra vez; aun así, no lograba contactar a la angeliza.

Estaba a punto de perder las esperanzas, incluso pensó en enfrentar a Ursina por sí solo. Hasta el espíritu del ángel Nydas lo había abandonado, ya no era capaz de usar la máscara; y fue entonces cuando escuchó los rumores, al principio solo parecieron inventos de los niños del campamento, pero pronto las cosas empezaron a tener sentido. Se hablaba de una criatura de dos rostros, con dos cuerpos pegados por la espalda, que terminaba en una larga cola de reptil, más larga que la de cualquier serpiente. Javier ya lo había sospechado; luego del enfrentamiento de la bruja Ursina y el dios demoníaco Daroff, todos cruzaron el portal que los llevo hasta la Frontera, pero cuando lo atravesaron, no había señales de la bruja, de Nidariel, ni de Daroff, al parecer el portal los había ubicado en diferentes lugares dentro de aquel mundo.

El muchacho meditó durante varios días, su próximo movimiento. Si no podía encontrar a Nidariel, y si no podía usar la máscara, su única opción, era recurrir al señor de la enfermedad y guardián de la salud. Los rumores de los niños fueron acertados, Daroff estaba siguiendo de cerca el campamento, pero bajo tierra, usando antiguos conductos naturales, por lo que a veces circulaba el agua. Una noche Javier decidió romper su rutina, se aíslo del campamento como siempre, pero esta vez, no intento contactar a Nidariel. Llegó hasta una de las tantas cuevas que se abrían paso, a lo largo de aquel continente, y apenas entró, pudo sentir como la cueva se sumergía profundamente en la tierra, no paso mucho tiempo hasta que vio el resplandor rojo. *"El solo rojo brilla debajo de nosotros"*, – recordó las palabras de Victoria. – La cueva por la que caminaba estaba clara, pero era por los brillantes destellos que se escapaban por los pequeños agujeros en el suelo.

La presencia del dios demoníaco, era evidente a cada paso que daba, las marcas de su cola estaban plasmadas en las paredes, igual que las cicatrices en la piel. Javier se detuvo antes de que el dios le hablara, pero ya había sentido la imponente presencia del ser frente a él. La cola de reptil estaba enroscada alrededor de sus pies. Era increíblemente gruesa, y con unas escamas muy rojas y duras. La criatura conocida como Daroff, era de piel roja brillante. No tenía piernas, en su lugar, mantenía una larga cola, gruesa y llena de escamas rojas, que terminaba en una aleta bifurcada, similar a la de un pez, a partir de la cintura hacia arriba, su torso se dividía en dos formas, delgadas y alargadas, de frente su torso era similar a una forma musculosa y masculina, pero en la espalda, su apariencia era totalmente femenina, esbelta y de pechos amplios, poseía cuatro brazos y dos cabezas. Era como ver a dos criaturas, masculino y femenino, unidas por la espalda. La cabeza frontal tenía rasgos humanos, que combinaban una apariencia intermedia entre femenino y masculino, pero la cabeza trasera, la que correspondía al torso femenino, tenía una forma de animal, muy similar a la de un lobo.

– ¿A qué has venido, humano? – Inquirió el Dios demoniaco. Daroff miraba a Javier con su rostro humano, el rostro que tenía facciones masculinas y femeninas al mismo tiempo, pero su voz, no parecía provenir de aquel rostro.

– Mi nombre es Javier, y quiero hacer un contrato, – replicó Javier. El muchacho forzó su voz, para mostrar seguridad, pero aun así, se escuchaba asustado. La cola de Daroff, se movía con delicadeza entre los pies de Javier.

– No tengo interés en tu alma, humano, – contestó Daroff; en esta ocasión, la voz surgió de su rostro humano. – He venido por la vida de la bruja...

–...la bruja Ursina, – Javier completo la frase. Daroff observó al muchacho con curiosidad, luego su cuerpo dio en rápido giro, desde la cintura hacia arriba, por un momento Javier pensó que lo atacaría, pero no fue así... Daroff había cambiado; su torso musculoso y masculino, estaba ahora en su espalda, de frente estaba el torso femenino, esbelto y delgado, de pechos prominentes, con el rostro de animal, mirándolo de frente.

– ¿Qué sabes sobre la bruja Ursina? – Preguntó el dios demoníaco.

Ahora su voz era gruesa y áspera; el rostro de animal, similar al de un lobo estaba hablando.

– Puedo ayudarte a enfrentarla, pero necesito que me otorgues el poder para defenderme de ella, – solicitó Javier. Otra criatura apareció en el interior de la cueva, Javier pudo notarlo, pero esta se mantenía oculta en las sombras. – La bruja Ursina asecha a la gente de este campamento, pronto regresará para robarles, para quitarle sus provisiones.

– No me estás diciendo nada que ya no sepa, – fanfarroneó el dios demonio, – llevo siguiendo a este campamento, porque sé que tarde o temprano, Ursina aparecerá. No necesito tu ayuda humano, y tampoco quiero tu alma.

– ¡Ella no va a venir, si tu estas aquí! – Exclamó Javier; ahora, al borde de la desesperación. No podía permitirse fallar, necesitaba el apoyo del dios Daroff. – Es muy inteligente, ella terminará por detectar tu presencia. Este mundo es enorme, puede pasar escondida durante años, tiempo en que ella se fortalecerá y tú te debilitaras. – Explicó el muchacho; preguntándose, porque un dios demoníaco, debía permanecer oculto dentro de otro demonio, y asumió que era por protección.

– ¿Crees que Ursina puede derrotarme? – Daroff acercó su rostro de animal a la cara de Javier. Los colmillos dentro del hocico del lobo, eran muy reales, y viéndolo desde esa perspectiva, resultaba aterrador, "una mujer de curvas delicadas, y pechos voluptuosos, con una cabeza de lobo sobre aquellos delicados hombros". – Soy un dios demoníaco, mi poder, es eterno. – Sentenció Daroff. – Puede tomarme años, eso no me importa, eventualmente, Ursina cometerá un error, y cuando pase, caeré sobre ella, devorare su carne, y luego su alma, por toda la eternidad.

– Yo puedo ayudarte, puedo hacer que la espera sea más corta, – declaró Javier. El aliento del lobo era húmedo y caliente, pero curiosamente, no era desagradable. – Permanece en este lugar, has el contrato conmigo, y cuando Ursina llegue, sabrás a través de mí, el lugar exacto en el que se encuentra; con el poder que me entregues, seré capaz de retenerla el tiempo que sea necesario, la enfrentaré hasta que llegues, y luego, cuando la hayas derrotado, romperás el contrato.

– Eres ingenuo humano. – Daroff, volvió a girar sobre sí mismo, el torso femenino regreso a su espalda, y el torso masculino, con rostro humano, quedo de frente a Javier. – Quieres hacer un contrato conmigo, para obtener parte de mi poder, y luego romperlo; eres consciente que sí te coloco mi marca, tu alma pasará a ser de mi propiedad.

– Mi alma será mía nuevamente, cuando derrotes a Ursina, y rompas el contrato, – dijo Javier. El muchacho estaba temblando, pero no podía renunciar ahora. No era mentira que Ursina solía atacar el campamento, lo había escuchado muchas veces, con la gente, y esa era la única oportunidad que tendría, necesitaba las otras máscaras, con las que contaba la bruja, y si era posible, lograría incluso destruir el corazón del Sintill, cambiando de una vez por todas, el futuro de sus amigos.

– No estoy interesado en tu alma, humano, esto es solo un formalismo, yo quiero mi venganza, y cuando la tenga, este contrato se romperá por sí solo, pero asegúrate de no morir antes, o si no, tendré que quedarme con tu alma, aunque no me sirva para nada. – Explicó el dios demoniaco Daroff. Se inclinó aún más sobre Javier, levanto uno de sus cuatro brazos hacia el rostro el muchacho. Javier sintió los fríos dedos del dios demoniaco, posándose en la sensible piel, detrás de su oreja izquierda. La marca se dibujó sin problemas, sintió un pequeño dolor, muy similar al piquete de una avispa.

– ¿Eso es todo? – Preguntó Javier. No se sentía diferente, no se sentía más fuerte, ni más inteligente. – ¿El contrato ya está vigente?

– Un contrato entre un humano y un demonio, puede versar sobre casi cualquier cosa, ya sea para obtener fuerza, conocimientos o poderes, pero lo que nunca cambia, es el objetivo principal del contrato, el alma humana, pasa a ser propiedad del demonio, –

detalló Daroff; con aquella actitud fría e indiferente, – mientras el humano este vivo, esta propiedad es solo simbólica, es decir, que el alma sigue estando dentro del cuerpo del humano, pero cuando el contratante muere, su alma queda bajo el dominio del demonio.

– ¿Y cuál es mi poder? – Inquirió Javier, un tanto preocupado; estaba temiendo a la respuesta del dios demoniaco.

– Yo nunca dije que te daría un poder, tú me pediste un contrato, y yo te lo he proporcionado, – aclaró Daroff. La mirada de Javier se transformó en una mueca de desesperación, aquel dios lo había engañado de la forma más estúpida. – No debes preocuparte por tu alma, humano, – declaró Daroff, al ver la desesperación en los ojos de Javier, – te deje bien claro que no tengo interés en un alma humana, pero no confió en los seres humanos, con este contrato, te he otorgado un beneficio, no un poder, y cuando llegue el momento, sabrás en que consiste este beneficio.

Las palabras del dios demoniaco Daroff, permanecieron gravadas en la memoria de Javier, y desde ese día, no había vuelto a ver de nuevo al dios, pero la marca aún estaba firmemente marcada en la piel detrás de su oreja izquierda. Los días pasaron uno tras otro, y los rumores de la criatura con forma de serpiente, fueron desapareciendo. Daroff había cumplido con su palabra, ya no estaba siguiendo al campamento, pero Javier estaba seguro, que cuando la bruja Ursina apareciera, Daroff sería el primero en enterarse. ¿Cuál sería ese beneficio del cual hablaba el Dios?

Javier se dedicó a lo mismo que hacia todos los días. Se alejó del campamento, acompañado por unos 10 compañeros más, recogiendo los gruesos frutos, que eran la principal fuente de alimentos para la gente de la comunidad. Miró a sus pies, y vio a los insectos y las lombrices, saliendo de la tierra y alejándose de él. –…*te daré un beneficio…*– Las palabras de Daroff resonaban en su memoria. No era la primera vez que lo notaba, los animales de la Frontera, especialmente los insectos, se alejaban de él, como si fuera un augurio de la muerte, o tal vez, lo animales, podían sentir cuando estaban cerca de alguien que ha vendido su alma. Esa debió ser la razón por la cual, aquella manada de minotauros los ataco, eran demonios salvajes, buscando el poder que solo podía proceder de un dios demoníaco.

Los demonios salvajes pueden sentir la marca. Javier se acarició detrás de su oreja izquierda. Otros demonios, llegarían después de los minotauros, buscando el poder de Daroff. –*...tal vez ese es el beneficio del que hablaba Daroff...*– Pensó Javier, y después se imaginó el rostro de la angeliza Nidariel, decepcionada por lo que había hecho. Si antes no podía establecer contacto con la angeliza, ahora que estaba condenado, no podría hablar más nunca con ella. No le quedaba más remedio que confiar en la palabra del dios demoniaco.

El muchacho estaba lejos del campamento, pero, aun así, logró escuchar los primeros gritos con claridad. Los hombres que estaban con él, se quedaron inmóviles, solo podían mirarse unos a los otros. Las grandes alas de murciélago, eran visibles aun desde esa distancia. –*...está aquí, es la bruja, ha regresado...*– Le escuchó gritar Javier a uno de sus compañeros, no supo decir cuál de todos. El caos empezó más rápido de lo que pensaba, sus compañeros corrieron, pero no en dirección a la aldea. No podía decir que eran unos cobardes, él mismo estaba asustado. Pudo ver a un hombre que era lanzado por el aire, pero no estaba completo... le habían cortado las piernas. No había duda, Ursina estaba en el campamento. La anciana con apariencia frágil y delicada, con el largo cabello blanco cayéndole a lo largo de la encorvada espalda, se movía por todo el campamento a una velocidad sobrehumana.

Javier pensó en Victoria, en Roberto y en Marlene, quiso correr hacia el campamento, pero sus piernas estaban congeladas; casi de forma instintiva, sus manos fueron hasta la bolsa hecha con piel de demonio, en la cual guardaba la máscara del ángel Nydas, pero luego recordó su enfrentamiento contra la manada de Minotauros. –*...va a pasar lo mismo, la máscara no funcionará...*– Se dijo así mismo. Un fuerte ardor detrás de su oreja izquierda llamó su atención. –*...te daré un beneficio...*– Recordó las palabras de Daroff. Sus piernas volvieron a funcionar, seguía teniendo miedo, pero decidió confiar en el dios demoníaco; empezó a correr, pero una mano lo sujeto por el brazo. Gabriel, el hombre flacuchento, de nariz ganchuda y de ojos saltones, con su mata de pelo rubio descolorido, lo estaba mirando desde atrás, mientras lo sujetaba firmemente.

Gabriel nunca se había llevado bien con Javier, y el muchacho estaba al tanto de eso, y las miradas desagradables nunca se hicieron esperar, pero ahora la situación era diferente. Gabriel lo estaba mirando como si mirara a un demonio, y no lo soltaba. –*...tengo que ayudarlos...*– Pensó Javier, entes de liberarse del hombre de un solo manotazo. El golpe le vino desde arriba con una fuerza atronadora. Era la rama de un árbol, el golpe debió abrirle una fea herida en la cabeza, porque de inmediato sintió un chorro de sangre bajándole por la frente.

– ¡Esto es tu culpa! – Aulló Gabriel enfurecido. Aquel hombre era más alto que Javier, pero carecía de músculos, y su delgadez, le restaba peligrosidad como oponente. Javier calculo todo eso, en una fracción de segundo, y se incorporó dispuesto a devolverle el golpe a Gabriel. – ¡Tú la has llamado, eres uno de sus cadáveres! – Javier cayó nuevamente, la rama del árbol había vuelto a caer sobre su cabeza.

– ¡Maldito loco, Victoria... se va a enterar de esto! – Amenazó Javier; pero escuchar el nombre de aquella mujer, simplemente puso más furioso. El hombre mantuvo a Javier boca abajo, y se sentó sobre su espalda. Javier grito, Gabriel le estaba jalando la oreja izquierda con tanta violencia, que pensó que iba a terminar arrancándosela.

– ¡Lo sabía! – Vociferó Gabriel, triunfante ante aquel descubrimiento. El hombre había empezado a reírse. – ¡Eres un condenado! – La frase había herido más a Javier que el golpe en la cabeza. – ¡Que crees que diga la puta esa, cuando se entere de que fornicas con la bruja Ursina!

Javier sujetó una roca, y con un solo giro, logro estampársela en la cabeza a Gabriel, el hombre emitió un fuerte chillido y cayó sobre la tierra. Javier se incorporó, y pudo ver el fuego ardiendo dentro del campamento. Ursina estaba buscando algo, pudo verla corriendo de un lugar a otro, usando aquellas horrendas patas de araña, que le emergían a través de la espalda. Los gritos no se detenían, corrió al menos 20 pasos, hasta que se detuvo a ponerse la máscara del ángel guardián Nydas... pero nada sucedió, no podía convertirse en ángel. Observo el campamento en llamas, y recordó el día que su hogar ardió hasta las cenizas. – *...no volverá a suceder, no lo permitiré...–* Siguió corriendo hacia el campamento, pero Gabriel volvió a caer sobre él. Ambos rodaron por el suelo, arrastrándose hasta llegar hasta la densa vegetación, en donde crecían las frutas gruesas.

– ¡Quieres ir a verte con tu amante! – Lo insultó Gabriel. Javier pudo notar la ira en los ojos de aquel hombre. Era tan peligroso, o incluso más que un demonio salvaje. – ¡Conozco a los hombres como tú, crees que no sé qué fornicas con Victoria! Antes yo era su favorito... ¡¿Crees que eres mejor que yo?!

Javier lanzaba puñetazos al aire, logró romperle la nariz a Gabriel. El hombre estaba nuevamente encima de él, golpeándolo con todas sus fuerzas. La sangre de Gabriel, brotaba por una herida grande en su frente, producto del golpe que recibió con la piedra, y también le manaba sangre, de la brecha que tenía en la nariz, luego de recibir uno de los puñetazos de Javier. El muchacho tuvo que usar sus propios brazos como escudo, Gabriel aún tenía en sus manos la rama, y un tercer golpe en la cabeza sería fatal. Javier no podía arriesgarse a perder el conocimiento, no frente a ese animal.

–... por favor, basta... no hice nada malo, solo quería ayudar...– suplicó Javier; estaba sorprendido, nunca antes había tenido que suplicar, siempre había sido valiente al enfrentar a un demonio.

–...pero él no es un demonio, es un humano...– Las palabras de Nidariel, le llegaron de forma sorpresiva. No pudo ver a la angeliza, pero podía sentirla a su lado.

– ¡Ahora estas suplicando, amante de los demonios! – Chilló el enloquecido Gabriel. El hombre seguía golpeando usando aquella rama. Los brazos de Javier estaban rojos de tantos golpes, la rama tenía manchas de sangre, pero el hombre no se detenía. – ¡Yo sé la clase de hombre que eres, conozco a los de tu clase!

–...debes matarlo...– le susurro la voz de Nidariel.

Javier abrió los brazos, y dejo que la rama lo golpeara de lleno en el rostro, su nariz estalló en sangre y dolor, pero logró sujetar la rama, se aferró a ella, trato de arrebatársela a Gabriel. El hombre finalmente soltó la rama, para seguir su ataque a puño limpio. Javier aprovechó la oportunidad e intento estrellar la rama contra la cabeza de su atacante, pero Gabriel paro el golpe con ambos brazos, la rama término partiéndose por la mitad. El enloquecido hombre, le apretó el cuello a Javier con su brazo izquierdo; ahora estaba sonriendo, el muchacho trato de liberarse, pero era inútil.

– ¡Victoria fue mía, ella es mi reina, y yo soy su rey, siempre ha sido así, hasta que tu llegaste, a sembrar dudas entre nosotros! – Le reprochó Gabriel; pero él seguía sonriendo. El hombre estaba más muerto que vivo, su nariz ganchuda, ahora estaba abierta y sangrando, y su cabello descolorido, estaba manchado por la abundante sangre que se le escapaba por le herida en la cabeza. – ...yo vengo de una comunidad llamada "El Chorrillo" ¿Sabes que se le hace en El Chorrillo, a un hombre, que fornica con una mujer que ya le pertenece a otro?... – Le preguntó Gabriel entre susurros. Javier chilló horrorizado, cuando sintió la mano de aquel hombre estrujándole los testículos.

Javier se retorció entre gritos, enterrando las uñas en el brazo izquierdo de Gabriel, mientras que este, le apretaba con fuerza los testículos. El muchacho sintió había perdido su virilidad, cuando vio a Gabriel caer hacia atrás, con una pulpa ensangrentada en su mano derecha. El muchacho sintió miedo de mirar hacia abajo, Gabriel, seguía sonriendo con aquel macabro trofeo ensangrentado en su mano. Javier lloró confuso al ver una mano blanca, aun aferrada a sus testículos, no entendió lo que estaba sucediendo, hasta varios segundos después. La pulpa sangrienta en la mano derecha de Gabriel, era de hecho, un muñón ensangrentado, alguien o algo, le había cercenado la mano con precisión milimétrica.

– Que… carajo…– Fue todo lo que alcanzo a decir Gabriel, mientras buscaba confuso su mano derecha, en donde ahora, estaba solo un muñón ensangrentado. Un destello relampagueante paso de derecha a izquierda atravesando su cuello, la cabeza del enloquecido hombre cayó, y rodó directamente hacia los pies de Javier.

La criatura estaba de pie, justo detrás del cuerpo de Gabriel; mientras el cuerpo decapitado caía inerte, Javier pudo verlo, no era Daroff, se parecía mucho al dios demoniaco, pero no era él. –*...te daré un beneficio...*– Las palabras del dios demoníaco regresaron a su mente. –*... ¿ese es el beneficio?...* – Se preguntó Javier. Aquel ser tenía una piel roja y brillante, llena de duras escamas, muy similar a Daroff, pero a diferencia de él, esté tenía dos gruesas piernas, y al igual que Daroff, de la cintura hacia arriba, su cuerpo se dividía en dos torsos unidos por la espalda. El torso que estaba frente a Javier, era uno musculoso y masculino, el otro torso era femenino, esbelto y de pechos grandes, la criatura tenía cuatro brazos, y dos cabezas, pero en este caso, las dos cabezas, eran similares a un lobo.

– Tu eres…– intentó hablar Javier. El muchacho recordó a la otra criatura que se encontraba con Daroff, el día que pacto su contrato con el dios demoníaco. Aquella criatura se mantuvo en todo momento oculta, actuaba como un protector. – Eres su sacerdote demoníaco, eres el Demon Xonori de Daroff.

– Javier, has cumplido con tu parte del contrato, – habló la criatura; parecían ser dos voces al mismo tiempo, una masculina y una femenina. – Mi dios, me manda a comunicarte, que él también ha cumplido con su parte en el contrato, se te ha otorgado el beneficio… por lo tanto, se declara finalizado este contrato.

La marca detrás de su oreja izquierda desapareció. Javier se incorporó, pero antes de levantarse, el demonio enviado por Daroff, emprendió un rápido avance, hasta el campamento. El ataque de Ursina aun no terminaba. Javier tembló al ver la carnicería frente a él, Gabriel estaba inmóvil, y su cabeza, lo miraba carente de toda emoción. Javier descubrió que su espalda estaba bañada en su propia sangre, producto de los golpes recibidos en la cabeza. Estaba muy mareado, y casi no podía respirar, su nariz no dejaba de gotear sangre.

– ¿Qué estas esperando? – Le preguntó Nidariel. La angeliza estaba flotando a su lado, con su cabello y sus alas de un color purpura brillante. – Esta pelea aún no termina, de hecho, está muy lejos de terminar.

– Nidariel, – llamó Javier; estaba llorando, al ver a la angeliza nuevamente, era un regalo para él, pero Nidariel, no estaba contenta. Javier sabía que era por el contrato. – No podías contactarme ¿Era por causa de la marca?

– Seguiste con tu misión, no puedo decir que apruebo la forma en la que continuaste. – Replicó Nidariel. Los gritos en el campamento eran cada vez peores, y ahora ese otro demonio, iba a luchar contra Ursina. – Entregaste tu alma, y lograste recuperarla, en dos ocasiones diferentes, cualquiera diría que estas tratando de perderla. – Nidariel empezó a sonreírle. – Eres un desastre, me gustaría dejarte descansar, pero no puedo, esa gente necesita tu ayuda, y a pesar de todo, las cosas están saliendo como las planeamos.

– La máscara no funciona. – Indicó Javier; pero luego sintió la máscara del ángel Nydas, moviéndose entre sus dedos. La máscara estaba reaccionando, nuevamente el rostro angelical abría y cerraba los ojos, movía sus labios, como en un principio.

– No te preocupes por la máscara, hará su trabajo, igual que antes, – aseguro Nidariel; la criatura ya había llegado al campamento, pero aun no enfrentaba a la bruja, – sé lo que piensas Javier, el hecho que perdieras el contacto conmigo, y que no lograras utilizar la máscara, no es culpa de la marca.

– ¿Entonces, porque paso todo esto? – Cuestionó el muchacho. El prolongado silencio por parte de Nidariel, y el hecho de no poder utilizar la máscara, durante aquellas semanas, se lo había acreditado a llevar la marca en su piel.

– Nuestros enemigos se han multiplicado, – contestó Nidariel, – siete de ellos, siete de esas cosas, nacidas de la carne de Orfere, de alguna forma, lograron viajar con nosotros desde el futuro.

Aquella revelación dejo petrificado a Javier; no podía creer lo que estaba escuchando. Si lo que Nidariel decía era verdad, había siete enemigos, que al igual que ellos, conocían el inevitable futuro al que se aproximaban. Nidariel, puso una de sus translucidas manos, sobre el hombro de Javier. –...*protege a esa gente, salva a los humano, luego nos ocuparemos de enfrentar a estos enemigos...*– Esas fueron las palabras de Nidariel, y después, Javier coloco la máscara sobre su rostro... la luz atrapo su cuerpo por completo, ahora la máscara sí había funcionado.

<u>INTERLUDIO 2</u>

<u>Notas en un Grimorio "Bruja Desconocida"</u>

…Ya ha pasado un año, desde que se inició la invasión de los demonios, recuerdo como si fuera ayer, el primer día que se anunció en las noticias la presencia de aquella gran columna de luz roja. Mis maestros en la magia, me advirtieron que ese día llegaría, y a la fecha de hoy, ya no hay gobierno, ni ejército, ni noticias, el mundo nos ha abandonado, las fronteras están cerradas, pero no por medios comunes, existe una fuerza invisible que mantiene esta porción de tierra separada del resto del mundo…

…los ángeles todavía luchan, y ahora, luchan junto con los humanos, pero no son humanos normales, he escuchado que los llaman protegidos; por otro lado, los demonios parecen estar reagrupándose, en pequeñas colonias, que ganan más miembros día a día, ahora escucho de personas que se someten voluntariamente a los demonios, con tal de no sufrir castigos ni ellos ni sus seres queridos, aun así, todavía existen grandes grupos que resisten el imponente avance de los demonios…

…debería sentirme mal, pero no puedo, ahí en donde los ejércitos han fracasado, yo he salido victoriosa, ahí en donde los ángeles han muerto, yo he sobrevivido, ahí en donde las armas han sido neutralizadas, yo me he fortalecido. Estoy embriagada con mi propio poder. He

podido hablar con un demonio, y este se ha comunicado sin problemas, me ha ofrecido armas demoniacas, a cambio de mis servicios, se escucha raro, pero es la verdad, un demonio me ha ofrecido armas, para que yo trabaje a su favor...

...los cadáveres, son ahora mis mejores armas, he logrado combinar órganos de demonios, dentro de cuerpos humanos, adquiriendo un control sobre un ser que no puede considerarse ni humano, ni tampoco demonio, el problema es la descomposición, aun no logro encontrar la forma de detener el proceso natural de degeneración de un cuerpo luego de su fallecimiento, incluso mi magia tiene límites...

CAPÍTULO III

La Bruja, el Demonio y el Dios

Los niños estaban junto con Marlene; eran al menos 15 niños, la mayoría de ellos, al igual que ella, habían nacido ahí, en la Frontera. Estaban acostumbrados a los constantes ataques por parte de los demonios, y a los saqueos provocados por la bruja Ursina, pero era la primera vez, que veían a la bruja atacar el campamento de aquella forma. Marlene sujeto a una niña de 5 años, llena de pecas, con la cara húmeda por las lágrimas. – *¡Donde esta esa puta!* – Los gritos de la bruja resonaban en cada rincón del campamento, casi parecía que estuviera en más de 3 lugares al mismo tiempo.

– No puede entrar aquí, – mintió Marlene; la muchacha estaba temblando. Tenía una profunda cortada en una de sus mejillas. Ella estaba ahí, cuando la bruja cayó del cielo, buscando a la líder Victoria. – Aquí no puede vernos, estamos a salvo aquí. – La muchacha se estremeció al recordar el espantoso giro que había dado la bruja, en el aire a solos centímetros del suelo, sus alas de murciélago se desplegaron con un sonido aterrador, y poco después, vio a las personas lanzadas por el aire, volando sin brazos ni piernas, y luego cayendo sobre el suelo, como si fueran simples pedazos de carne.

La carpa en la que estaban se levantó bruscamente, los niños que estaban arrodillados a lado de Marlene gritaron; habían quedado expuestos, la luz del sol azul los dejo deslumbrados por un momento, pero luego pudieron verla con claridad. La bruja estaba frente a ellos. Caminaba usando cuatro gruesas y largas patas de araña, que le emergían desde la espalda, igual que las alas de un murciélago. Los brazos de la bruja se habían deformado, y sus manos ahora, parecían largas y huesudas garras. En su mano derecha llevaba, sujetada por el cuello a la líder Victoria. –*...la ha matado, mató a Victoria...*– Pensó Marlene; pero luego vio las piernas de la mujer, agitándose en un desesperado intento por liberarse.

– ¡¿Dónde está mi máscara?!– Preguntó la bruja Ursina; y se alejó de Marlene y los niños, llevando aun sujeta a Victoria. La bruja se abalanzó contra otra carpa, con su brazo libre, rasgo la tela por completo, pero solo vio a más personas asustadas.

–...yo no la tengo, lo juro...– aseguró Victoria; el aliento se le escapaba con cada palabra que lograba pronunciar.

– Sino me dices la verdad, voy a tener que mirar dentro de tu cabecita, – se burló la bruja; y con su horrenda mano libre, deslizo sus largos y huesudos dedos, a lo largo de la cabellera negra y abundante de Victoria, llegando hasta el cuello de la mujer, y después hasta su frente. – No me hagas abrirte la cabeza Victoria, dime donde tienen mi máscara.

Victoria empezó a gritar, cuando la bruja coloco su largo dedo índice sobre su frente. La punta del dedo estaba al rojo vivo. La bruja, realmente estaba tratando de abrirle la cabeza a Victoria; la sangre empezó a derramarse sobre el rostro de la hermosa mujer. La sombra del Demon Xonori, llego antes que él; y la bruja se percató de eso. El demonio de dos torsos estaba por encima de la bruja, mantenía dos de sus cuatro brazos cruzados, y al final de cada mano, brillaba el filo de una delgada espada. El demonio libero su golpe contra la bruja, como si se tratara de una tijera cortando una hoja de papel, pero las alas de murciélago, que emergían de la espalda de Ursina, se tornaron de un material sumamente duro, y las espadas chocaron primero contra las alas, sin lograr alcanzar el cuerpo de la bruja.

– Así que, lograste cruzar el portal, – le dijo la bruja al Demon xonori. Ursina liberó sus garras, y Victoria cayó al suelo, con la frente ensangrentada, pero aún con vida.

– Mi señor, ha solicitado tu cabeza, – indicó el Demon xonori. La criatura se colocó frente a la bruja, pero las dos cabezas de lobo, estaban alertas al mínimo movimiento.

– Daroff, piensa que voy a entregarte mi cuello sin oponer resistencia, – se burló Ursina, – más tarde le mandare a uno de mis sirvientes, con un barril lleno con tus pedazos.

El Demon xonori, no la dejo pronunciar más palabras, se

abalanzó sobre ella, y ahora llevaba una espada en cada brazo, cuatro espadas en total. Las patas de araña de la bruja, fueron las primeras en ser cercenadas, con apenas dos golpes, pero la bruja contra ataco usando aquellas gruesas garras que tenía por dedos. El demonio esquivo los primeros zarpazos, dio un amplio brinco quedando por encima de la bruja, pero le estaba dando la espalda, Ursina sonrió al ver que el demonio le entregaba la espalda sin problemas, pero retrocedió al ver el segundo torso, un torso de formas femeninas, cuyos brazos se movían a gran velocidad.

El sonido del metal contra las garras, fue señal suficiente para los supervivientes del campamento. Las personas, no tardaron en tomar sus pocas pertenencias, y alejarse de la zona de ataque. Marlene y Roberto, se aventuraron juntos, para rescatar a la líder. Victoria estaba aún en el suelo, la herida en la frente, había provocado que la sangre se le metiera en los ojos. Estuvo ciega durante algunos instantes, pero pudo notar que la bruja estaba luchando contra alguien más, trato de abrir los ojos, pero sus súbditos la alejaron del peligro antes de que fuera demasiado tarde. –... ¡Es un ángel, miren, viene un ángel!...– Gritaron los niños. Pero Victoria no podía verlo.

Más patas de arañas aparecieron; no importaba cuantas veces el sacerdote demoníaco, cortara aquellas patas de araña, de alguna forma, la bruja siempre las hacia crecer, y al final, eran ocho patas de araña, ocho patas, que la hacían más veloz que un lobo. El Demon xonori, intentaba cortes profundos en el cuello y el abdomen de Ursina, pero está siempre interponía aquellas gruesas alas de murciélago, que actuaban como escudos móviles. No lograba atinarle un golpe certero. En cambio la bruja, si había logrado herirlo en más de una ocasión. El demonio tenía varias cortadas en los brazos y las piernas, incluso le había cortado una de sus orejas de lobo. La bruja agitaba aquellas garras que tenía por dedos, y las mismas producían cortes tan profundos, como los de cualquier espada.

– Debió venir Daroff en persona, – se burló Ursina; las patas de araña, le permitieron caminar por el suelo a una gran velocidad, con el rostro casi pegado a la tierra, esquivando las estocadas del demonio, tan solo por unos pocos centímetros. - Te dije que le entregaría tus pedazos, a tu dios.

El Sacerdote Demoníaco no dudo en ninguno de sus ataques; uso sus piernas gruesas y musculosas para quedar por encima de la bruja, dando grandes saltos. Sus cuatro brazos representaban una ventaja significativa, pero las ocho patas de araña, hacían de la bruja, un objetivo difícil de alcanzar. Ursina se burlaba con cada golpe errado del demonio, y mientras gira de forma descontrolada, pasando por debajo de su oponente, con el rostro casi pegado al suelo, pudo ver el brillante destello, una luz intensa que solo podía ser producida por un ángel.

El ángel guardián Nydas, una criatura impresionante, portaba como protección, una resistente armadura de color azul, con un casco que le cubría la mayor parte del rostro, y su largo cabello liso de color dorado, le caía desde el casco, amarrado en una larga trenza, que le llegaba hasta los muslos. La piel lisa y clara del ángel, contrastaba de una forma impresionante con la armadura azul, al igual que las dos grandes alas, conformadas por plumas blancas, que emergían a través de su espalda.

– ¡Ahí está mi máscara! – Exclamó la bruja ursina. Los ojos de la anciana bailaron, similares a los de una serpiente.

– *Ya te ha visto,* – escucho la voz de Nidariel, – *pelea con cautela Javier, no dejes que te acorrale.*

La bruja se arrojó sobre él, pero Javier ya estaba preparado. El ángel saco su arco rojo y sus flechas plateadas, y rápidamente apunto hacia la bruja. Está no se detuvo ni aligero la marcha. Nydas soltó la flecha, y la bruja solo sonrió. El Sacerdote Demoníaco iba detrás de ella, con sus cuatro espadas en alto. Cuando la flecha estuvo a centímetros de la bruja, está uso aquellas patas de araña, con las que dio un largo brinco, pasando sin problemas por encima de la flecha. – *Nos está usando para matar al sacerdote demoníaco de Daroff.* – La advertencia de Nidariel, llegó demasiado tarde, ya no había nada que hacer. El Demon xonori, no esquivo la flecha, sino que la desvió con facilidad usando una de sus espadas. El demonio no tenía forma de saber el peligro que se ocultaba en aquella flecha.

El destello rojo iluminó el espacio que quedo entre el Demon xonori, y la flecha, y el portal hacia el infierno se abrió, succionando una de las espadas del demonio; esté trato de retroceder, pero la fuerza de atracción era demasiado intensa para resistirla. Javier observo horrorizado, a través de los ojos de Nydas, como el cuerpo completo del demonio enviado por Daroff, era absorbido hacia el infierno. Las carcajadas de Ursina, no se hicieron esperar. – *¡Así que pensabas usar mis propios trucos, contra mí!* – La bruja cayó sobre Nydas, pero el ángel la contraataco con una patada, la bruja volvió a cubrirse con sus alas de murciélago. Nydas retrocedió al instante, mantuvo una distancia prudente con la bruja, pero aquellas patas de araña, hacían que cualquier distancia fuera insegura.

– ¿Quién está detrás de mi máscara? – Cuestionó la bruja, manteniendo un tono de voz burlón. El portal rojo seguía abierto. Desde esa distancia, Nydas, observo que la bruja no era más que una anciana, encorvada y enana, pero las patas de araña, y las alas de murciélago, la hacían lucir corpulenta.

El sonido de una cadena de acero, llamo la atención de los dos. Nydas fue el primero en notarlo, la cadena era roja, y estaba saliendo del portal que aún permanecía abierto... pero lo miro mejor, la cadena no estaba saliendo, estaba aferrada a una gruesa roca, como si estuviera sosteniendo algo dentro del portal. La bruja volvió a reírse, cuando observo los cuatro brazos del sacerdote demoniaco, asomándose desde el interior del portal. – *¡Mereces el título de sacerdote demoníaco!* – Anunció la bruja, reconociendo la astucia de su adversario. El Demon xonori, salió por completo del portal rojo, usando aquella cadena roja. Cuando el portal rojo se cerró, Nydas, pudo ver la cadena roja, enroscada en el brazo derecho, que corresponde al torso femenino.

– Ya veo, – musitó la bruja. El Demon xonori, se acercó, ahora llevaba dos espadas en los brazos que corresponden al torso masculino, y las cadenas rojas, en los brazos que corresponden al torso femenino. – Has cambiado tu estrategia sacerdote demoníaco, pero esas cadenas no te van a servir de mucho.

– *¡No la dejes pensar!* – Advirtió Nidariel.

Nydas, se posiciono y disparo tres veces, la primera flecha libero su poder en el aire, en el lugar en donde se encontraba la bruja, hacia solo segundos, el portal rojo se abrió. La segunda flecha se enterró en el suelo. La bruja la esquivó entre carcajadas, moviéndose por el suelo como una alimaña. Disparó la tercera flecha con la intención de interceptar la trayectoria de la bruja, pero esta se detuvo en el momento oportuno, la flecha pasó sobre su cabeza sin causar ningún daño. A 15 metros de distancia, un tercer portal rojo se abrió.

– Pobre principiante, – se burló la bruja, – no estás ni cerca, de manipular el poder del ángel Nydas.

El Demon xonori cayó sobre ella. Las largas garras de la bruja, rechazaron el golpe de las espadas del demonio, y nuevamente, Ursina se escabullo por debajo de su oponente, usando aquellas horrendas patas. El sacerdote emprendió un rápido contraataque, pero se detuvo al ver un chorro de sangre que se le derramaba por la pierna. No se había percatado, la bruja lo había cortado en el torso. El abdomen de formas masculinas, estaba cubierto de sangre, que se derramaba por encima de sus escamas, el corte había sido muy profundo.

– Te rehúsas aceptar tu destino, – parafraseó el sacerdote demoníaco, – esto solo hará que tu sufrimiento sea más prolongado, – aseguró el demonio. Se arrodilló al sentir el cansancio producido por aquella herida.

– Ya me enfrente a tu Dios antes, – replicó Ursina, – y lo derrote, está no será la excepción.

– *Él viene,* – la voz de Nidariel, que solo él podía escuchar, le llego de forma sorpresiva, – *Javier, solo aguanta un poco más...*

Las gruesas y largas patas de la bruja reaccionaron, y está llego hasta el demonio rápidamente, iba a acabar con él de un solo zarpazo, pero Nydas cayó sobre ella en el último momento. La bruja quedo acorralada entre el ángel y el demonio. El Demon xonori se incorporó, y las cadenas rojas, manipuladas por sus dos brazos femeninos, se enroscaron alrededor de la patas de araña. La bruja rechazo al demonio con una patada, usando sus débiles piernas humanas. Algo ha salido terriblemente mal, Nydas, pudo notarlo en la mirada de la bruja, ahora, se veía más como una anciana. – *¡La tienen arrinconada!* – Anunció la voz de Nidariel. Nydas, desde arriba, apunto otra flecha más. – *Si no tengo cuidado, el portal nos succionara a los tres* – Pensó Nydas. La flecha iba dirigida a la cabeza de la bruja, pero está repitió la misma maniobra anterior, con sus patas retrocedió, forzando al Demon xonori, para que esté entrará en la trayectoria de la flecha. La bruja no alcanzo a dibujar aquella sonrisa maliciosa. El sacerdote demoníaco, aflojó las cadenas rojas, de modo que se mantuvo lejos de la trayectoria de la flecha, pero manteniendo atadas las patas de la bruja.

La flecha se enterró en el suelo, y otro portal rojo se abrió. El Demon xonori apretó aquellas cadenas rojas, y las patas de araña quedaron inmovilizadas. Ursina se vio obligada a renunciar a sus patas de araña, el portal rojo las succionó en cuestión de segundos, junto con las cadenas rojas. El sacerdote se liberó de las cadenas, y se lanzó hacia su oponente, llevando aquellas espadas. – *¡Esta aquí!* – Vociferó Nidariel – *¡Hemos terminado Javier, deja que el dios demoniaco acabe con ella!* – Nydas, uso sus brillantes alas blancas, y se alejó de la bruja y el demonio. Observó como el demonio enterraba ambas espadas en las entrañas de la bruja, pero esta seguía resistiendo, sus alas de murciélago la elevaron hasta el cielo, con el Demon xonori, aun aferrado a ella.

Nydas descendió hasta el suelo, y observó a los oponentes golpearse en el aire. Las alas de murciélago seguían aleteando. Las garras de la bruja daban zarpazos al aire. El demonio estaba muy pegado a ella, y las garras eran demasiado largas. Nydas estuvo a punto de preguntar a Nidariel por Daroff, pero justo en ese momento, lo vio ascender desde debajo de la tierra. El dios demoníaco, se elevó hasta el cielo, impulsándose con su alargada cola, que terminaba en una forma bifurcada, similar a una aleta. Llevaba sus cuatro brazos abiertos, casi como si fuera abrazar a la bruja. Logró alcanzarla en el aire, y los combatientes se transformaron en un amasijo de brazos, espadas, y garras, que se movían con desesperación, intentando hacerse pedazos, unos a otros.

En el cielo, pudo ver a Ursina debatiéndose entre patadas y zarpazos, para liberarse, pero la gruesa cola de Daroff, que la tenía inhabilitada. El Demon xonori, seguía apuñalando a la bruja. – No logrará salir viva de esto – Aseguró el ángel Nydas. Varios tentáculos de color purpuran, escaparon a través de las heridas abiertas de la bruja. Nydas recordó el día en la escuela inundada, cuando la bruja se cortó, y en lugar de sangre, salieron aquellos raros tentáculos. Poco a poco, en el cielo, aquellos tentáculos, adquirieron una forma más gruesa y alargada, adoptando una apariencia muy similar a un gigante ciempiés. Al verla adquirir aquella forma de insecto, Nydas no pudo evitar recordar, la forma que adquirió el cuerpo perfecto de Orfere, luego de fusionarse con el corazón del Sintill.

– *No puede ser una coincidencia.* – Escuchó la voz de Nidariel. – *Esas extremidades con forma de ciempiés, deben provenir de Orfere.*

– Tal vez esas extremidades, son producto de la bruja Ursina, – supuso Nydas, – también es probable que la bruja haya utilizado el corazón del Sintill.

La bruja, el sacerdote, y el dios demoniaco, fueron engullidos por aquellas extremidades con forma de ciempiés, que emergían del cuerpo de la bruja. Hacia unos segundos, eran tres seres individuales, pero ahora, estaban fusionados en el interior de un capullo formado y cubierto por aquellas extremidades. – ¿Están muertos? – Inquirió Nydas. El capullo cayó pesadamente sobre el suelo, y estaba latiendo como un órgano grande, perteneciente algún gigante. – *Daroff, es un dios demoníaco, eso lo hace inmortal, él no morirá, y estoy segura que Ursina, está usando aquellas extremidades como última alternativa.* – Le contesto la angeliza. Nydas pensó en destruir aquel capullo, con la intención de matar a la bruja, pero aquello podía provocar un resultado opuesto, puesto que ahora, la bruja estaba encerrada junto con Daroff, y su sacerdote demoníaco.

– *Este es el momento Javier,* – habló Nidariel; pero el ángel aun no podía verla, – *debemos ir hacia el palacio de Ursina, le quitaremos las máscaras que hacen falta.*

– ¡Tiene un palacio! – Exclamó, la personalidad de Javier, a través del ángel Nydas.

– *Lo he visto, estuve en ese lugar durante los primeros días, después de atravesar el portal,* – contestó la angeliza. – *Y fue en ese lugar, donde la vi... una de las demonizas con aquella armadura hecha de huesos y sangre.*

–...eso, no puede ser, ellas no deberían existir en este tiempo...– susurró el ángel Nydas. Javier pudo sentir como la saliva se le secaba en la boca. Recordó aquellos monstruos nacidos de las heridas en el cuerpo perfecto de Orfere.

– *Viajaron junto con nosotros,* – aclaró Nidariel. El ángel colocó sus manos detrás de sus orejas, la luz cubrió su cuerpo, y segundos después, apareció Javier. El muchacho de 18 años, alto y delgado, de brazos velludos y musculosos, con aquel cabello crespo y rustico, igual que sus facciones, que resaltaban sus cejas gruesas, dándole una imagen nada atractiva.

– ¿Fueron ellas? – Preguntó Javier. El muchacho se llevó rápidamente las manos a la nariz destrozada, todavía estaba sangrando, y la cortada en la cabeza aun le dolía. El enfrentamiento con Gabriel, y el recuerdo de su cabeza rodando por el suelo, aún le causaban escalofríos. – Las demonizas de las armaduras sangrantes... fueron ellas, las que nos separaron, cuando atravesamos juntos el portal, hacia este mundo.

– *Ojalá, hubieran sido ellas*, – contestó Nidariel; Javier, aún no podía verla, pero por su tono de voz, podía comprender que estaba afligida. – *Me temo, que tenemos más enemigos de lo esperado...* – Nidariel no siguió hablando. Javier, no podía ver a la angeliza, pero supo que algo andaba mal. Era casi, como si ella, estuviera viendo algo, que él aún no podía descifrar. – *No debiste quitarte la máscara.*

Javier miro hacia atrás de inmediato. El muchacho esperaba encontrarse a la bruja Ursina de pie frente a él, con aquella horrible sonrisa en su rustro. El capullo había sido solo una distracción, para hacer que bajara la guardia, pero no vio a la bruja... era Marlene; la muchacha de piel oscura, estaba mirándolo fijamente, y era evidente que estaba sorprendida. – Me ha visto... me vio, cuando deje de ser un ángel. – Pensó Javier. Marlene, tenía solo 17 años, un año menor que él, pero era muy bajita, de cabello oscuro, largo y lacio, con unos cachetes regordetes, que llamaban mucho la atención de Javier. La muchacha no dijo una sola palabra, lo sujeto por el brazo, y los guío hasta un río, que fluía de forma normal, uno que se mantenía en un cauce en el suelo, no como los otros, que flotaban en el aire.

– ¿Esta la señora Victoria bien? – Preguntó Javier; luego de varios minutos en silencio. Él estaba sentado en una roca, y Marlene, hundía un trapo en las aguas del río. Ya no escuchaba la voz de la angeliza. – Me preocupe, cuando vi que Ursina la estaba buscando a ella.

– Estoy harta de las mentiras, – contestó Marlene. La muchacha se escuchaba molesta, pero su rostro era neutral, casi carente de emociones. – Victoria y Ursina, ya se conocían desde antes, hoy me entere, que vivieron juntas en una comunidad, hace 15 años. – Comentó la muchacha. Javier no sabía que contestarle. Marlene, pasó con mucha delicadeza el trapo húmedo, alrededor de la nariz de Javier, y luego hizo lo mismo con la herida en su cabeza; ambas heridas habían dejado de sangrar. – Han encontrado la cabeza de Gabriel, ahora mismo lo están enterrando, a mí me han ordenado buscarte.

– ¡Esta muerto! – Javier fingió sorpresa. – ¿Crees, que lo hizo la bruja Ursina? – Volvió a mentir, pero Marlene, parecía ver a través de sus mentiras.

– Ahora tú también has decidido mentirme, – replicó Marlene. Se escuchaba más molesta, pero le estaba sonriendo. – En ese capullo, están los dos demonios y la bruja... ¿Por cuánto tiempo los contendrá?

– No estoy seguro, – respondió Javier; y recordó las palabras de Nidariel. Este era el momento que necesitaba para conseguir las máscaras que hacían falta, y tal vez, sí tenía suerte, podría destruir el corazón del Sintill. – Me tengo que ir...– anunció Javier, mientras se levantaba de la roca, pero no pudo decir más... Marlene lo estaba besando, la lengua de la muchacha, estaba adentro de su boca.

Javier, la sujeto por los hombros, y la alejo. La muchacha estaba llorando, se quedó mirándola durante algunos segundos, y sintió el deseo, provocándole una erección. El bulto apretado en medio de sus piernas, sobresalía a través de sus pantalones. Para Marlene, aquello no pasó desapercibido, la muchacha se secó las lágrimas, y le devolvió una cálida sonrisa, mientras se arrodillaba. Javier retrocedió avergonzado, cuando sintió la lengua de la chica, lamiendo su miembro, a través de la tela del pantalón.

– ¡Que estás haciendo! – Exclamó Javier, asombrado. Nunca antes había estado con una mujer. Pensó en Patricia, la protegida que lo había enamorado con una sola mirada; al pensar en ella, sintió que los pantalones, ya no podían contenerle la erección.

– Eres mi ángel, Javier, yo te he visto, – contestó la muchacha, aún arrodillada, – no puedo entregarte mi virginidad, pero puedo hacerte esto, quiero hacerte esto... yo quiero ser tan importante para ti, como tú lo eres para mí.

– No tienes que entregarme nada Marlene... – titubeo Javier. La muchacha volvió a sonreír, y siguió lamiendo y besando su miembro. Javier, retrocedió nuevamente, pero tropezó con la roca, y cayo sentado sobre la misma, mientras Marlene, le acariciaba los muslos. – Si eres virgen, no quiero ser yo, quien te mancille. – Recordó la palabra mancillar, gracias a un chiste obsceno, que le había contado Kairos una vez.

– Desde el día que te vi por primera vez, supe que eras un hombre diferente, – le confesó Marlene; la muchacha no dejaba de frotar su rostro contra el miembro erecto de Javier, separado de ella, solo por la fina tela del pantalón. Aún tenía los pantalones puestos. – Eres un ángel, eres mi ángel Javier, ahora mismo no puedo ser tuya por completo, pero puedo hacerte feliz, al menos de esta forma. La muchacha le bajo los pantalones con tanta agilidad, que Javier, intento retroceder nuevamente avergonzado, al ver su miembro expuesto.

Marlene no lo dejo hablar nuevamente. Se metió el miembro de Javier completo en la boca. Javier no pudo decir más nada. El muchacho abrió las piernas, dejando que la chica hiciera con él lo que quisiera, y así fue. El dolor de la cortada en la cabeza, y la nariz magullada, desaparecieron, el muchacho solo podía gemir, y rezar, para que Nidariel no lo estuviera mirando en aquel preciso instante. Tomó la máscara del ángel Nydas, y la lanzo lejos, entre unos hierbajos que crecían a un lado del río. – Luego, puedo ir a recogerla. – Pensó Javier. Ya no intentaba detener a la muchacha, se había entregado por completo a ella, y antes de darse cuenta, ya estaba sujetándola por los largos cabellos negros, guiándola para que aquellos apasionados movimientos, fueran más largos y profundos.

La chica deslizo una de sus manos, debajo de la camisa de Javier, y empezó a presionarle las tetillas, y con la otra mano que le quedaba libre, comenzó a masajearle los testículos. Javier, no puedo evitar sonreír, cuando recordó a Gabriel golpeándolo; quien se imaginaria que se recuperaría tan rápido, después de haber recibido aquel ataque salvaje, que por un momento, pensó que lo dejaría siendo menos que un hombre. Javier, gimió con más fuerza, jamás se había sentido tan vulnerable, pero le gustaba, hasta que sintió la urgencia del placer llegando al final. Volvió a sentir vergüenza, quiso separarse de la chica, pero hizo lo contrario, apretó la cabeza de Marlene, para obligarla a mantener su miembro dentro de su boca, y entonces sucedió. Lo libero todo dentro de la boca de la muchacha, mientras temblaba, sudaba y gemía.

– ¡Perdón... perdóname Marlene, no pude contenerme, lo siento mucho! – Se disculpó avergonzado. Marlene giro la cabeza a un lado, y escupió aquel espeso líquido blanco, que Javier había dejado en su boca. – ¡Perdóname, debí avisarte...!

– No te preocupes...– dijo Marlene, mientras colocaba sus dedos en los labios de Javier. – Mi ángel, yo soy tuya, y tú eres mío; quiero que seas feliz, quiero liberarte de todas tus cargas... ¿Te he hecho feliz?

– Sí Marlene, – contestó Javier; puso sus manos, alrededor del rostro de Marlene, y le dio un largo beso; aun podía sentir, su propio sabor en la boca de la muchacha. – Me alegro de que hayas sido tú.

– Dime que volverás por mí, – le pidió la muchacha.

Javier la beso nuevamente, y permanecieron mirándose durante algunos segundos, luego ambos jóvenes se levantaron, para tumbarse juntos en la hierba, a un lado de aquel río. Se abrazaron, y se besaron nuevamente, y siguieron basándose hasta cansarse. Javier, no podía prometerle nada, no estaba seguro de que volvería. Cuando obtenga las máscaras, su siguiente paso, sería ir por el corazón del Sintill, y después regresar a Panamá. El inevitable encuentro con Orfere, se acercaba día a día. Marlene pareció comprender el silencio de Javier, para ella, él era un ángel encarnado en la piel de un humano, pero el muchacho, sabía perfectamente que no existía tal cosa, era la magia de Ursina, lo que hacía posible que él pudiera adoptar la forma de un ángel.

En aquel momento, ahí tumbados sobre la hierba, Marlene le conto que Victoria había llorado la muerte de Gabriel. Las personas del campamento se habían amotinado contra ella, y muchos estaban solicitando, que regresaran con Raquel. – La mujer que mataba a los condenados. – Javier recordó, las palabras de Victoria, así como recordó las palabras de Gabriel. Era momento de partir, y Marlene, pareció entenderlo. Javier volvió a besarla, y luego se puso la máscara, ahí frente a ella, se alejó volando de aquella muchacha, usando las enormes alas llenas de plumas blancas, y aun desde el cielo, le pareció ver que la muchacha esperaba oír aquellas palabras; así que Javier lo dijo: – Voy a volver por ti. – Sabía que era una mentira, pero se sintió más feliz, cuando pudo verla sonriendo.

La Frontera. 9 de Marzo de 2200

Nidariel, la angeliza de cabellos y alas color purpura, se deslizo sin reflejo, por encima de las azules aguas de un mar agitado. Había llegado a ese lugar, hacia varios minutos. El inmenso sol azul de la Frontera brillaba imponente, en lo más alto de aquel cielo oscuro, pero no podía verse directamente, otro continente estaba pasando por encima a miles de metros de altura. Había llegado a aquel continente, que al igual que todos los demás, se movía muy despacio dentro del inmenso espacio vacío que era la Frontera. Cuando iba llegando aquel lugar, Nidariel pudo ver con total claridad, el enorme continente a lo lejos, compuesto por unas pocas porciones de tierra seca, y en su mayoría inundado por un gran mar azul; debajo de aquel continente, se podía ver con claridad el brillante sol rojo.

Nydas no tardó en llegar. El ángel no pudo aterrizar en ninguna zona seca. Nidariel se mantenía flotando sin problemas sobre el agua, pero Nydas tuvo que permanecer suspendido en el aire, usando sus alas, totalmente extendidas de un punto a otro. Por debajo del agua, se movían enormes sombras, pertenecientes a grandes demonios acuáticos. En la Frontera habían más demonios de lo esperado, aunque también, habían animales normales, y por lo que se escuchaba, existían muchos humanos, viviendo en la islas flotantes, que emigraban de un punto a otro, cada vez que un gran continente, chocaba con otro, lo que sucedía muy a menudo.

– ¿Es aquí? – Preguntó Nydas. El ángel miro a los lados, y luego se fijó, en el largo torbellino de agua azul que se formaba a lo lejos. Era como ver un tornado formado por agua, elevándose fuera del océano, y subiendo hasta lo más alto del cielo. – ¡Como pudo construir un palacio en ese lugar!

– Ursina no lo construyo, – replicó Nidariel. Arriba de ellos, había otro continente, también inundado por otro gran océano. El torbellino azul, seguía subiendo, hasta conectarse con el otro océano que estaba encima de ellos. – Ese Palacio, lleva miles de años existiendo, Ursina, simplemente se adueñó de él.

Ambos ángeles se acercaron al torbellino, pero mientras más cerca estaba, más ruidoso y peligroso se volvía aquel océano. La base del torbellino azul, era gruesa y emitía un rugido espantoso, casi similar al de una bestia; el agua de aquel océano, al llegar a la base de aquel torbellino, se fusionaba con él, elevándose hacia el cielo. Nydas, pudo ver una fina línea, elevándose dentro de aquel torbellino de agua. – ¡Es un pilar! – Exclamó el ángel. – *Las leyes de la gravedad, funcionan diferente en este mundo.* – Agregó Nidariel. – *Vamos a subir hasta la mitad de este pilar, ahí se encuentra el Palacio, te espero arriba.* – La angeliza, no espero la respuesta, y simplemente desapareció.

Nydas agito sus alas, y emprendió el ascenso a lo largo de aquel torbellino; el sonido no disminuía, a medida que el agua, seguía aquel extraño trayecto a lo largo del pilar, el sonido que producía era muy similar al de una bestia. Nydas, pensó en la gente que había dejado atrás, en Marlene, aquella dulce joven, que lo había hecho feliz a su manera, en Victoria, y en el señor Roberto, junto con toda la gente del campamento, ya habían pasado semanas, desde la última vez que los vio. Recordó el capullo compuesto por las extremidades con forma de ciempiés, y deseo que sus ocupantes nunca salieran de ahí.

El camino hasta aquel continente había sido largo. La angeliza lo guiaba lo mejor que podía, pero Javier, seguía siendo un ser humano, usando el cuerpo de un ángel, pero en fin, un humano. Se vio obligado a detenerse en muchas ocasiones, había salido apresuradamente del campamento, y no tenía alimentos. Aun siendo un ángel, su estómago protestaba, pidiendo los tres platos de comida diarios, a los que se había acostumbrado, luego de su prolongada estadía en el campamento. La comida no fue fácil de conseguir, lo gordos frutos que estuvo recogiendo durante semanas, no crecían en los lugares donde se detenía. Nidariel, lo guio hasta un estanque lleno de peces, que se encontraba en medio de un bosque, que crecía en una isla solitaria, flotando en el inmenso vacío.

Realizar aquel trayecto, habría sido imposible a pie. Recurrió a las grandes alas de Nydas, en muchas ocasiones para llegar desde un continente a otro. Ahora los demonios lo ignoraban, o por lo menos, aquellos con los que cruzo camino, no mostraron ningún interés en él. Daroff, había cumplido su palabra, la marca había desaparecido, y su alma, volvía a ser suya, nuevamente. En muchas ocasiones, Javier sintió que Nidariel le recriminaba el hecho de haber pactado un contrato con un dios demoniaco, pero la angeliza, nunca llego a reclamárselo. Pasaron varios días, hasta que por fin, vio a lo lejos el continente cubierto por aquel océano, en donde se hallaba el palacio de la bruja.

Dejo sus pensamientos atrás, cuando vio la entrada del palacio. Se trataba de una estructura compuesta de ladrillos blancos. Parecía un castillo, y la entrada sobresalía desde el agua. La estructura tenía cinco pisos, y era muy amplia; el agua del océano, seguía su curso hasta el otro océano, pasando a lo largo de las paredes y las ventanas, pero aun así, el sonido del agua, seguía siendo atronador. Nydas cruzo la entrada, sin siquiera mojarse, en el interior, ya lo esperaba Nidariel. Los ladrillos blancos del palacio, lucían hermosos y brillantes por fuera, pero por dentro, el palacio estaba cubierto de finos mosaico de roca oscura, lo que hacía que el lugar se viera inusualmente oscuro, no existía luz en su interior, solo la que entraba por la ventanas, generadas por el sol azul.

– Así que, viste a esas cosas que usan armaduras de huesos y sangre, – retomó la conversación, recordando lo último que le había dicho Nidariel. El muchacho pensó en quitarse la máscara, pero no era seguro, recordó a los cadáveres humanos utilizados por la bruja, el día que le arrancó el corazón del Sintill a Daroff. – Esos seres... ¿Lograron decirle algo a Ursina?

– Por fortuna para nosotros, esas criaturas no poseen la facultad para hablar, – explicó la angeliza, – pero eso no quiere decir que carezcan de inteligencia, tenían un plan, cuando llegaron a este palacio buscando a la bruja.

– Estaban buscando el corazón del Sintill, – indicó Javier; llegaron hasta lo que parecía ser el centro de aquel palacio, y pudieron ver el pilar, que atravesaba los cinco pisos del palacio. Se podían ver además, los riachuelos de agua clara corriendo por aquel pilar. – Quieren llevárselo directamente a Orfere.

– Esa es una posibilidad, – agregó Nidariel; pero lo angeliza no se mostraba del todo satisfecha con aquel argumento. – También es posible, que intenten obtener las máscaras primero que tú.

– De que podrían servirles las máscaras a ellos, – replicó Javier. Pasaron el pilar bañado por las aguas del océano, y llegaron hasta una especie de trono. Las letras del alfabeto celestial estaban grabadas en la roca, detrás de una gran silla conformada por aquellos mosaicos negros.

– Las máscaras no tienen ninguna función para ellas, pero implican una gran ventaja para ti, – le recordó Nidariel, – están tratando de sabotearnos. Te espero en el segundo piso, necesito que la veas.

Javier, en esta ocasión no tuvo que utilizar las alas del ángel Nydas, las fuertes piernas del ángel, fueron suficientes para llegar al segundo piso del palacio, de un solo brinco, a través de una hendidura en el techo, por la cual también pasaba el pilar. Lo primero que vio al subir, fue a Nidariel, al lado de la criatura, el solo verla fue suficiente para recordar aquel horrible enfrentamiento contra la diosa de las raíces sangrientas. La criatura humanoide, estaba atrapada en el interior de un bloque de hielo sólido, y llevaba aquella armadura, que parecía estar hecha con huesos, carne y sangre. La zona que tenía destinada a proteger su torso, el peto, estaba hecho con costillas, manchadas de sangre. Las piernas y los brazos, estaba cubiertos por tiras de piel endurecida, como si las hubieran sacado de un cadáver momificado, y el casco, que ocultaba por completo el rostro de la criatura, estaba elaborado con fragmentos de lo que parecía ser un cráneo. En su brazo derecho, pudo ver siete ojos sanguinolentos, paralizados a causa del hielo.

– ¿Cuántas viajaron con nosotros? – Preguntó Javier. Ver aquella criatura, fue como tener un puñal atravesándole la espalda. El día que lucho contra Orfere, había más de 20 de esas criaturas, y esta, lo había seguido incluso hasta la Frontera.

– No estoy segura, – reconoció la angeliza, – puede que solo haya sido esta, y la otra que se le escapó a la bruja, o puede que sean más.

– Dos de esas criaturas estaban aquí, – comentó sobresaltado, – ¿Qué paso con la otra?

– Ursina, atrapo a esta usando un hechizo, la congelo de inmediato, – respondió Nidariel, – pero la otra criatura, logro escapar.

– Y dices que estas criaturas, no tuvieron que ver con el hecho que tú y yo, cayéramos en lugares diferentes de este mundo, luego de travesar el portal, – parafraseo el muchacho. Alguien había notado la presencia del ángel dentro de aquel palacio, y permanecía observando desde las sombras.

– Me temo, que existen otras fuerzas, que conocen de nuestro viaje a través del tiempo, y tienen un interés, en evitar que alteremos el futuro que se avecina, – explicó la angeliza. Entonces Javier recordó aquella criatura de armadura dorada, la que estaba observándolo desde lo alto en el cielo, el día que presenciaron el enfrentamiento de Ursina y Daroff.

– ¿A qué te refieres, con otras fuerzas? – Inquirió Javier; ahora, más tenso que confuso. La criatura que lo observaba, se acercó más, estaba confundida, porque ángel estaba hablando solo. Era incapaz de ver a Nidariel, a un lado de este.

– La máscara del ángel Nydas, solo es una de cuatro, Ursina profano los cuerpos de cuatro ángeles guardianes muy poderosos, luego de que estos murieron en un combate contra el dios demoniaco de la muerte, Temure, – declaró Nidariel. Las sombras se movían veloces, a lo largo del tercer piso del palacio. – Se dice que aquel enfrentamiento, llevo a Temure a su muerte, pero otros ángeles, me hablaron de la intervención de una fuerza única, un ser con un poder comparable con el de Dios, que los ayudo a derrotar al dios de la muerte.

– ¿Dios? – Pronunció aquella palabra, con cierto nerviosismo en su voz. – Hablas del Dios que te creo.

– Así es, – corroboró la angeliza; observando el miedo reflejado en los brillantes ojos de Nydas, pero ese miedo solo anidaba en el corazón de Javier. – Solo existen dos poderes, comparables con Dios, el primero, es el Destino, y el segundo, la Muerte.

La criatura de armadura dorada, regreso a la mente de Javier. El hecho de pensar, que una criatura, con un poder comparable al de Dios existiera, era demasiado pera él, y lo peor de todo, es que esta criatura, intentara sabotearlos, con la intención de que Orfere, resultara triunfante, nuevamente en aquel futuro. – *No tengo recuerdo del mundo en que nací Javier, pero muchos de mis hermanos ángeles, me decían que la muerte, existía incluso antes que existiera nuestro Dios.* – Explicó la angeliza.

El sonido provocado en el tercer piso, llamó la atención de Nydas. Nidariel miró hacia el piso de arriba. La angeliza desapareció ante los ojos de Nydas; el ángel supo de inmediato que Nidariel, se había trasladado hasta el tercer piso de aquella edificación, y de igual forma, con un solo brinco, llegó hasta el siguiente nivel, y las misteriosas sombras que lo estaban observando retrocedieron al verlo. El ángel supo de inmediato que eran demonios, pero no de cualquier tipo, estos eran muy especiales. En aquel piso, había alrededor de 15 de aquellos demonios, ninguno alcanzaba la altura de un humano adulto, no tenían un rostro, y su piel era totalmente azul, con profundas líneas negras que recorrían sus cuerpos.

– ¿Son demonios? – Preguntó Nydas. Las criaturas retrocedieron con timidez al escuchar la voz del ángel; casi parecían niños, y su hubieran contado con rostros, de seguro estarían llorando.

– Doppelgänger, – respondió Nidariel. Los demonios retrocedieron hasta quedar juntos, algunos de ellos empezaron a escalar, sobre sus compañeros. – Son demonios de sangre pura, pero no poseen una inteligencia muy desarrollada, por eso, son considerados Demon Savage.

– Doppelgänger, – repitió Nydas; uno de los demonios, se quedó inmóvil, y la curiosidad que sentía, al ver al ángel, lo obligo a acercarse. – ¿Por qué los tiene Ursina en este lugar? ¿Por qué parece como si pudiera verme?

– No tienen un rostro, no tienen ojos, – indicó Nidariel; el Doppelgänger se acercó más a Nydas. – Pero eso no quiere decir, que no puedan ver, tienen una visión muy diferente a la proporcionada por los ojos.

– No parecen peligrosos, – comentó Nydas. El pequeño demonio se acercó mucho más al ángel, – incluso, parecen amigables.

– Ursina, no los tiene aquí porque le parezcan amigables, – aseguró la angeliza. El Doppelgänger, apenas llego a rozar la mano de Nydas, y enseguida su cuerpo completo cambio, de pronto, el ángel estaba de pie, frente a una copia exacta de sí mismo.

– ¡Me ha copiado! – Exclamó Nydas. El ángel retrocedió, al ver su propio reflejo. El pequeño demonio, que ahora había asumido la forma de un ángel, también retrocedió ante aquella reacción.

– Las cuatro máscaras, las creo usando a estos demonios, – reveló Nidariel. La angeliza recordaba perfectamente, los rumores acerca de los hechizos empleados por la bruja Ursina, mucho se decía, sobre los ingredientes que empleaba durante sus conjuros. – Profanó los restos de los ángeles que derrotaron a Temure, y luego uso doppelgängers, para crear las máscaras.

– Ahora entiendo, – indicó Nydas; otros dos doppelgängers, asumieron también la forma del ángel. Ahora había cuatro ángeles Nydas, en aquel castillo de ladrillos blancos. – La máscara que estoy utilizando, fue creada usando restos profanados del ángel guardián Nydas, combinados con estos demonios.

– Ursina debió haberlos utilizado durante mucho tiempo, – agregó Nidariel; los pequeños demonios ya habían perdido el miedo, y muchos de ellos se acercaban curiosos hacia el ángel... "el ángel original" ...aparentemente, podía identificar sin problemas, al original, de las copias. – La bruja, seguramente los diseccionó hasta encontrar los órganos, que les permitían copiar a otras criaturas.

Javier, observó a través de los ojos de Nydas; aquellas criaturas, no le parecían malvadas, ni mucho menos peligrosas, incluso sintió lastima, cuando vio que varios de ellos tenían marcas de heridas recientes en aquellos cuerpos de piel azul. Otro Doppelgänger, se alejó del resto de sus hermanos, este parecía tener curiosidad, por algo más que el ángel que permanecía de pie frente a ellos. En ese momento, aquel Doppelgänger solitario cambio de forma, pero no imito a Nydas, adquirió una forma femenina, una chica delgada, de piel clara, con el cabello rojizo amarrado en una cola de caballo. Nydas tardó un momento en reconocer a la muchacha, pero sabía que la conocía. La imagen del enfrentamiento de Ursina contra el gran Sintill, en aquel lago dentro de la escuela, llego rápidamente a su cabeza, y recordó a la mujer... mejor dicho, a uno de los cadáveres, que servían a Ursina, la chica pelirroja, que vomitaba fuego por la boca.

La advertencia le llego muy tarde, a penas llego a escuchar la voz de Nidariel en su cabeza. El fuego había chocado como una corriente de agonía, a lo largo de su espalda. – *Mis alas* – Pensó

Javier. Pero ya era tarde, el fuego lo envolvió. La ráfaga de fuego, lo empujo contra la pared de mosaicos negros, por unos segundo pudo ver, a la chica pelirroja, aun de pie detrás de él. Varios de los doppelgängers, enloquecieron con el sorpresivo ataque. Desde el suelo, vio varias copias de sí mismo, corriendo de un punto a otro, y de igual forma, vio más copias de la mujer pelirroja, corriendo y confundiéndose en un mar de ángeles, y mujeres pelirrojas. Identifico a su atacante, porque la vio acercándose, con la boca abierta, y con un aterrador brillo naranja subiendo por su cuello.

<u>INTERLUDIO 3</u>

<u>Grabación de voz "Doctora Norelis"</u>

...llegue al territorio panameño, esperando encontrar el infierno, otros en mi lugar habrían rechazado esta oportunidad, pero yo no. No puedo ocultarlo, estoy fascinada, tanto por la biología de los demonios, como la de los ángeles, me tiene completamente sorprendida, no puedo dormir, cada vez que cierro los ojos, deseo que se pasen las horas rápidamente para regresar al "zoológico". Pensé que los demonios no tenían capacidad de razonamiento, pero me equivoque, incluso he visto que son capaces de comunicarse en nuestro idioma...

...los poderes de los protegidos, llamaron mi atención en un inicio, pero era solo porque no entendía cómo funcionaban, ahora he estudiado a cado uno de ellos, y sé cómo funcionan esas habilidades, es simple química aplicada: formaciones óseas que generan energía, para producir electricidad, vibraciones musculares que generan súper fuerza, glándulas sudoríparas que generan sustancias gaseosas en lugar de sudor, feromonas segregadas en grandes cantidades para manipular a otros organismos, combinaciones de fluidos que generan fuego al mezclarse con el ambiente... podría pasar toda la noche hablando sobre esto, y no terminaría. Lo que me sorprende no son los poderes, una vez que entiendes como funciona, realmente no llama la atención. Debo estar volviéndome loca, hago mi trabajo para ayudar al capitán Bethancourt, pero esos muchachos, ya no me importan, no tengo nada más que aprender de ellos...

...sé que no está bien, pero no puedo evitar pensar de esta forma, una vez que entiendo cómo funciona algo, no puedo perder más mí tiempo con eso, y debo seguir hacia el próximo misterio; justo como el que he vivido recientemente. Esos jóvenes de la comunidad de los mártires: Luis y Arístides, creo que así se llaman. Me han explicado algo, que no puede ser posible, pero lo he visto como mis propios ojos, un cuerpo humano, una persona fallecida, que sigue moviéndose, algo que desafía por completo todos mis conocimientos, ¿Y la causa de eso? El alma humana. Algo en lo que nunca he creído, pero según los habitantes, esa es la razón por la que un condenado sigue caminando, debido a la ausencia de su alma...

CAPÍTULO IV

Árbol de Hojas Azules

– *"Fuego, porque siempre tiene que ser fuego"* – Reflexionó Javier, agobiado por el incesante ir y venir de fuego, a lo largo de su vida; mientras se incorporaba, pudo escuchar los pasos de la mujer pelirroja acercándose. Las llamas aún estaban ardiendo en las largas alas blancas del ángel Nydas, pero, aun así, era él, quien estaba sintiendo el dolor de las quemaduras.

Nydas, no se incorporó por completo, permaneció agachado por al menos unos segundos, con las llamas aun bailando en sus alas y su espalda, incluso parte de la larga trenza dorada, se le había quemado producto de aquel ataque. La mujer pelirroja estaba expulsando aquel humo oscuro por la nariz, pero el ángel contra ataco, antes que pudiera lanzar una segunda llamarada. Las alas de Nydas, aun en llamas, barrieron el espacio entre él y la condenada, esta retrocedió, pero el ángel ya la había alcanzado con una fuerte patada en el vientre, la mujer rodo por el suelo de mosaicos negros, incorporándose posteriormente, sin ninguna expresión de dolor en su rostro.

El ángel guardián agitó sus alas, provocando una fuerte corriente de aire en el interior del castillo de ladrillos blancos. Las llamas que ardían en sus alas y espalda, se apagaron casi enseguida, mientras la mujer pelirroja permanecía inmóvil frente a él. – *Uno de los cadáveres de Ursina; está, es la que puede escupir fuego* – Advirtió Nidariel; pero Javier ya conocía los poderes de aquella condenada. La mujer pelirroja, se lanzó hacia la izquierda, y soltó otra ráfaga de fuego en dirección al ángel, pero este solo hizo aparecer un pequeño portal rojo flotando en la palma de su mano, y todo el fuego de la condenada, fue absorbido directo hacia el infierno.

La condenada se lanzó por una de las ventanas del castillo, el ángel la siguió llevando consigo su arco de color rojo y plateado. – *¡Los otros dos, están esperándote afuera!* – Anunció Nidariel; sirviendo como un raro tipo de alarma, en su cabeza. La angeliza se materializo frente al ángel, unos segundos antes de que este se lanzara por la ventana, detrás de la chica pelirroja. – *"Ya lo sé"* – Pensó Javier, y atravesó el cuerpo traslucido de la angeliza. Justo como lo esperaba, los otros dos condenados, un hombre calvo, alto y musculo, de piel oscura, y otro hombre de estatura baja, y rubio, estaban afuera del castillo, aferrándose a las paredes de ladrillos blancos, usando gruesas hachas negras.

Los otros dos condenados, mantenían el filo de sus hachas negras, clavado entre los ladrillos blancos, para mantenerse sujetos a la estructura, pero cuando vieron al ángel, desclavaron el filo de sus armas, y se lanzaron por encima del ángel, directo al vacío, con la intención de cortarlo en pedazos. Ambos condenados, ya estaban demasiado cerca, así que Nydas, rechazó el ataque, usando la parte gruesa y plateada de su arco. El filo de las hachas negras, libero chispas al chocar contra el acero del arco. – *"Es la misma estrategia, que utilizaron para matar al Sintill"* – Dedujo el muchacho; a lo lejos, pudo ver a la chica pelirroja, entrando rápidamente por una de las ventanas del cuarto piso de aquel extraño castillo. – *¡Condenados o demonios, ustedes no tienen la misma ventaja que yo!* – Aseguró Javier, a través de los labios del ángel Nydas, pero los condenados, apenas le prestaron atención; el ángel agito sus gruesas alas, para mantenerse volando, mientras dejaba que la gravedad se encargara de hacer su trabajo.

Ambos condenados cayeron al vacío. Desde aquella altura, Nydas observó la gran columna que unía el castillo de ladrillos blancos, con el gran océano. – *"Esa va ser una caída muy larga"* – Pensó Javier; hasta que escucho el sonido del acero, chocando contra los ladrillos, una y otra vez, hasta que finalmente, la hachas quedaron clavadas nuevamente en la pared del castillo. – *¡Ellos ya están muertos, no sienten miedo!* – Le recordó Nidariel. En el último piso del castillo blanco, los condenados, iniciaban el ascenso hacia el ángel, usando aquellas hachas negras. Nydas preparo una de las flechas, tenía pensado acabar con ambos condenados de un solo tiro. – *¡La pelirroja!* – Alertó Nidariel, justo a tiempo. Nydas agitó sus alas, y solo tuvo una fracción de segundos, antes de ver a la otra condenada, la pelirroja, asomada por una de las ventanas del tercer piso, lanzándole otra ráfaga de fuego.

Nydas entró por una de las ventanas del cuarto piso, y la condenada llego hasta él, saltando desde el tercer piso, a través del agujero que atravesaba todo el castillo, dándole paso al gran pilar, por el cual corría el agua del océano. La condenada, nuevamente permaneció inmóvil frente al ángel. – *Los otros dos, ya se están acercando* – Advirtió una vez más, la angeliza. – *Es mejor así, acabare con los tres de un solo golpe* – Sentenció Javier. El hombre rubio, y el hombre de piel oscura, no tardaron en llegar hasta el cuarto piso del castillo, llevando aquellas hachas negras; ambos ingresaron por una ventana detrás del ángel.

– ¡¿Dónde están las otras máscaras, creadas por la bruja Ursina?! – Los cuestionó el ángel. Solo estaba mirando a la mujer pelirroja, pero estaba consciente, que a sus espaldas, estaban los otros dos condenados.

– Estos seres, no tiene una voluntad propia, – añadió Nidariel; la angeliza, se había materializado a lado de Nydas, – aun si lograran entenderte, no te dirán nada.

– Cuando un condenado muere, se vuelve en un cadáver andante, – rememoró Javier; pero no le estaba hablando a Nidariel, estaba tratando de comunicarse con los condenados. También pudo escuchar los apresurados pasos de los doppelgängers, en el quinto y último piso del castillo. – Un amigo mío, un protegido, llamado Tobías, se dedicó a estudiar a los condenados, y me explicó, que aun después de muerto, es posible comunicarse y entenderse con un condenado.

– Ya te dije, que estos no son condenados normales, – le recordó Nidariel; la chica pelirroja se mantuvo inmóvil, pero el hombre rubio, y el hombre de piel oscura, se acercaron al ángel de forma amenazadora, con aquellas feas hachas negras. – Estos condenados, no entregaron sus almas a un dios demoniaco, las entregaron a Ursina.

– Ya no hay necesidad de que hagan esto, – les habló Javier, a los condenados; ignorando los comentarios de Nidariel. La imponente figura del ángel Nydas, irradiaba respeto y temor, pero las palabras de Javier, caían en oídos sordos. Los condenados, solo eran criaturas carentes de emociones. – Ursina, no volverá, ya no deben servirla, pueden ayudarme… pueden guiarme hasta las otras máscaras, si lo hacen, prometo llevarlos con mi amigo Tobías, haré que él los ayude…

Las palabras de Javier, fueron cortadas súbitamente, cuando se inclinó para esquivar una de las hachas negras, que paso muy cerca de su rostro. La había lanzado el hombre rubio. El ángel se lanzó hacia la derecha, dio un brusco giro en el aire, con sus alas extendidas por completo, entonces vio al hombre de piel oscura, también lanzándole su hacha negra, pero Nydas logro atraparla en el aire; llego sin problemas hasta el condenado rubio, y agitó el negro filo del arma con violencia, la cabeza del condenado, quedo sujeta por apenas una cuantas tiras de piel. El hombre calvo de piel oscura, intento asestarle un violento golpe en el rostro, pero el ángel lo esquivo con facilidad, y estampo el dorso de su brazo izquierdo contra la nariz del condenado. La armadura que protegía el brazo izquierdo del ángel, estaba creada con un material más fuerte que el acero, así que el rostro del condenado de piel oscura, fue aplastado casi por completo.

Nydas se agachó, antes que Nidariel pudiera advertirle

sobre el nuevo ataque de la condenada; la ráfaga de fuego, pasó por encima de su cabeza, sin causar mayores daños. Algo había cambiado en Javier, por un momento, el muchacho pensó que el espíritu del ángel Nydas, había tomado por completo el control, pero no era así. Estaba sentado encima del condenado de piel oscura, la cabeza del hombre, se había transformado en un amasijo de piel, carne, sangre y huesos destrozados, pero el ángel aún seguía golpeándolo. Estaba viendo el rostro de Gabriel, y estaba golpeando al amante de la líder Victoria, pero aun así, seguía viendo su rostro deformado por la ira. – *"¡Victoria fue mía, ella es mi reina, y yo soy su rey, siempre ha sido así, hasta que tu llegaste, a sembrar dudas entre nosotros!"* – Las palabras de Gabriel, regresaban a su mente una y otra vez.

Otra ráfaga de fuego, salió expulsada de la boca de la mujer pelirroja, pero un portal rojo se abrió en el suelo, a un lado del ángel Nydas, absorbiendo todo el fuego, y por último, al hombre rubio, que aun llevaba su cabeza colgando por aquellas tiras de piel. El condenado intento moverse, pero tener la cabeza parcialmente separada, lo hacía torpe; trato de alejarse del portal, pero fue en vano, y termino cayendo directo hacia el infierno. Nydas permaneció inmóvil, observando al condenado con la cabeza aplastada, casi al instante, Javier retrocedió asustado por lo que había hecho. – *Ya estaba muerto, no puedes matar algo que ya está muerto* – Intervino la angeliza Nidariel, pero incluso ella, parecía sorprendida por aquel comportamiento; podía notarlo, en la forma de hablar de la angeliza.

Javier retrocedió, y deseo no ver más aquel cadáver con la cabeza destrozada. Los poderes de Nydas, se activaron respondiendo a la voluntad de Javier, y un nuevo portal rojo, apareció debajo del cadáver, engullendo el cuerpo del condenado, al igual que los trozos de lo que había sido su cabeza. – *Ahora estas manipulando mejor los poderes del ángel Nydas* – Comentó la angeliza; su voz, aun mostraba un extraño tono de cautela. El ángel guardián se arrodilló, "al fondo de la habitación aún permanecía inmóvil la condenada de cabello rojizo", pero no era Nydas quien se arrodillaba, era Javier, observando la sangre manchando sus manos. Nuevamente vio la cabeza de Gabriel rodando hacia sus pies, pero en esta ocasión, la cabeza le hablo: *"¡Victoria fue mía, ella es mi reina, y yo soy su rey, siempre ha sido así, hasta que tu llegaste, a sembrar dudas entre nosotros!"*.

– ¿Qué me está pasando?– Se preguntó Javier así mismo. Los portales rojos desaparecieron, y junto con ellos, también los condenados, excepto la mujer pelirroja, que permanencia inmóvil como una estatua.

– *Javier, no puedes distraerte ahora, recuerda nuestra misión,* – escuchó la voz de Nidariel, pero Javier seguía viendo la cabeza de Gabriel, hablándole, – *los condenados no son seres humanos, ya están muertos.*

– Pero Gabriel no era un condenado, – replicó Javier, atormentado por aquellos recuerdos.

– *Tú no lo mataste,* – objetó Nidariel.

– No fui yo, – repitió Javier, – fue la marca detrás de mi oreja.

– *"¡Victoria fue mía, ella es mi reina, y yo soy su rey, siempre ha sido así, hasta que tu llegaste, a sembrar dudas entre nosotros!"* – La voz de Gabriel, seguía atormentándolo.

– *Enfócate en las máscaras Javier, es lo único que importa ahora,* – ordenó Nidariel.

Las patas de araña, se movieron con tanta delicadeza a lo largo de la pared norte del castillo de ladrillos blancos, sin hacer el mínimo ruido. La crisis de voces en la cabeza de Javier, no lo dejó percatarse del peligro, incluso Nidariel, se llevó la sorpresa al verla entrando por una de las ventanas del edificio. – *¿Pero cómo?* – La pregunta de Nidariel, quedo suspendida en el aire. El ángel Nydas, levantó el rostro, pero solo vio la mirada de la mujer pelirroja, enfocándose en la ventana. Cuando la vio, el corazón empezó a martillarle con fuerza. No era el miedo de Nydas, él es un ángel, y los ángeles son valientes, el miedo era suyo, era el miedo de Javier. Sus pupilas se dilataron, al ver al monstruo entrando en el castillo. – ¡No es posible! – Exclamó el ángel Nydas.

– ¡Sabia que te iba a encontrar en este lugar! – Comentó risueña la bruja Ursina. Se veía en cierta forma igual que antes, una anciana encorvada, con la piel colgando del cuello, y con el cabello blanco cayéndole por la torcida espalda. Las ocho largas patas de araña, estaban más gruesas que antes, y emergían de la espalda de la anciana, igual que las grandes alas de murciélago. – ¡Mandaste a mis condenados al infierno, usando una de mis armas más poderosas!

– *Tienes que escapar,* – murmuró Nidariel.

– Jamás podré escapar de ella, – replicó Javier, – no tengo otra opción, tengo que pelear.

– El capullo no me fue tan útil, como esperaba, – comentó la bruja; pero había algo diferente con ella, tanto Javier como Nidariel, pudieron notarlo. – Recibí muchas heridas, gracias al Demon xonori, pero al final, logre comérmelo. – La bruja le dedicó una sonrisa maliciosa, y luego se dio la vuelta, para que el ángel viera su nuevo trofeo. El sacerdote demoniaco de Daroff, "el mismo que había decapitado a Gabriel, para salvar a Javier", estaba ahora, unido a la espalda de la bruja. Las patas de araña, y las alas de murciélago, dejaban un espacio abierto en la espalda encorvada de la bruja, por el cual asomaba el torso masculino, los brazos, y la cabeza de lobo. – ¡Intenté devorar también a Daroff, pero aun dentro del capullo, el maldito se defendió, al final solo pude consumir al Sacerdote Demoníaco!

– *...Se ha fusionado con el sacerdote demoniaco...* – Masculló la angeliza, sin dar crédito a lo que estaba presenciando.

– No están fusionados, ella lo devoró – aclaró Javier, – habría muerto, si no lo hacía.

– ¿Por qué parece, como si estuvieras hablando con alguien más? – Cuestionó la bruja al ángel; sin percatarse de la presencia fantasmal de Nidariel.

– No hay nadie más aquí, – mintió Javier, – solo estamos tu y yo.

– ¿Ahora no tienes pensado escapar? – Inquirió la bruja. Otras dos criaturas, entraron por la misma ventana, por la que había entrado Ursina. Javier los reconoció de inmediato, fueron los mismos que vio, el día que Ursina y Daroff se enfrentaron en aquel lago.

– *Wyverns*, – murmuró Nidariel; la angeliza también recordaba a las criaturas aladas con forma de reptil, los primos de los dragones. Eran dos, y cada uno llevaba un sarcófago, pero estos eran mucho más pequeños. – *¿A traído a otros condenados?*

– No conozco al que está detrás de mi máscara, – comenzó la bruja; chasqueo sus dedos, y enseguida los pequeños sarcófagos quedaron abiertos, – pero tú debes conocerme a mí, puedo verlo en tus ojos, puedo sentir tu miedo. – La bruja saco el objeto que se encontraba en uno de los sarcófagos.

– *Esto tenía que suceder de una forma u otra, ten mucho cuidado con lo que vas a decir, Javier, ella no debe saberlo.* – Advirtió Nidariel. La bruja estaba sosteniendo en su arrugada mano, la máscara del ángel guardián Nydas. – *Ella no lo sabe, pero esa máscara es la misma que tú llevas puesta.*

– Esta máscara es una de mis creaciones más poderosas, – detalló la bruja; el rostro del ángel Nydas, era idéntico, al rostro plasmado en aquella máscara, que la bruja sujetaba en aquel preciso instante. – Hace unas semanas atrás, descubrí que una de mis preciadas máscaras había desaparecido. – Explicó la Bruja; sus pies estaban separados del suelo, y caminaba usando aquellas patas de araña. – Siempre guardó mis cuatro máscaras en lugares separados, es una medida para evitar que los ladrones, se lleven todos mis tesoros al mismo tiempo, pero cuando descubrí que me hacía falta, la máscara del ángel Mirlo, enloquecí de rabia.

– ¿El ángel Mirlo? – Interpeló Nydas. La bruja pareció complacida con la expresión confusa en el rostro del ángel.

– Imagínate mi sorpresa, – continúo la bruja, – me sentí traicionada, y solo pude pensar en la única persona, que era capaz hurtarme mi máscara. Victoria, me ayudó a crear estas máscaras, así que solo pudo ser ella.

– ¡Te ayudo a crear las máscaras! – Exclamó Javier. En ese momento recordó las palabras de Marlene: *"Victoria y Ursina, ya se conocían desde antes, hoy me entere, que vivieron juntas en una comunidad, hace 15 años".*

– *Por eso fue a buscar a esa mujer llamada Victoria,* – intervino Nidariel, – *el día del enfrentamiento, Ursina busco a esa mujer, porque era otra bruja.*

– Pero estaba equivocada, – aclaró Ursina; la máscara de Nydas, que la bruja llevaba en sus manos, abría y cerraba los ojos, y movía la boca como si intentara hablar. – Mi amiga Victoria, no se había robado mi máscara, y cuando te vi a ti. – La bruja lo señalo con un largo dedo, que terminaba en una uña gruesa ennegrecida. – Cuando te vi a ti, solo pude pensar: me hurto la máscara de Mirlo, y ahora, me quito también la máscara de Nydas.

– *Los viajes en el tiempo, producen consecuencias como esta,* – aclaró Nidariel; la bruja parecía un león enjaulado, moviéndose de una esquina a la otra, usando aquellas horrendas patas. – *Ella debe estar preguntándose, como es posible que existan dos máscaras, no habrá forma que se percate, que las dos máscaras son de hecho la misma. No digas nada que nos delate Javier.* – Advirtió la angeliza una vez más; sin embargo, debido a la impresión del momento, Javier no parecía escucharla.

– Pero nuevamente me equivoqué, – indicó la bruja, – pensé que me habían quitado dos máscaras, la del ángel Mirlo, y la del ángel Nydas, pero ahora mismo tengo en mis manos, la máscara de Nydas, – comentó la bruja, sin dejar de sonreír. Ursina, deposito la máscara de Nydas de regreso en el sarcófago, este se cerró por sí solo, y el Wyvern, descendió hasta recoger el pesado sarcófago con aquellas gruesas patas, para luego escapar por la misma ventana, por la cual había llegado. – La máscara que llevas puesta, es una réplica de la máscara original. – Aseguró la bruja; pero, aun así, su tono de voz reflejaba algo de duda. – Solo puede ser una réplica, no existe nadie, capaz de crear algo como lo que yo he creado, pero no voy a estar segura, hasta que pueda comprobarlo con mis propias manos.

– *¡Encontraremos las máscaras después, mándala al infierno!* – Gritó Nidariel.

Javier no tuvo que usar sus flechas, era verdad lo que había dicho Nidariel, ahora estaba manipulando mejor los poderes de Nydas. Abrió un portal rojo, justo debajo de las patas de araña de la bruja, pero esta llego hasta el techo del castillo de un solo brinco, sus patas la llevaron rápidamente, hasta quedar encima del ángel Nydas. Los dedos de Ursina se estiraron, hasta alcanzar el largo de una espada, y estuvo a punto de rozarle el rostro. *–Está tratando de arrancarme la máscara–* Comprendió Javier. El ángel rodo por el suelo, y extendió sus manos, el portal se abrió en el lugar en donde se encontraba Ursina, unos segundos antes. Los mosaicos negros fueron succionados por el portal, y en ese instante, una ráfaga de fuego cayó sobre Nydas; en esta ocasión el fuego, llego a quemar parte de la armadura que le protegía la pierna izquierda.

La mujer pelirroja, estaba frente a él. Había perdido de vista a la bruja Ursina. Otra ráfaga de fuego paso rozándole el hombro izquierdo, el ángel levantó su arco y apuntó la flecha, pero para ese momento, ya la mujer pelirroja, estaba lanzándose por otra de las ventanas en el cuarto piso de aquel castillo. – *Ya conoce el poder de tus flechas, ella es solo una distracción, enfócate en el verdadero enemigo.* – Nidariel se materializo frente a él. La angeliza estaba señalando algo detrás de él. Nydas se giró lo más rápido que pudo, y vio a Ursina, sujetando otra máscara entre sus manos. – *"Eso es lo que ocultaba en el segundo sarcófago"* – Dedujo el muchacho.

– ¿Quieres jugar al juego de las máscaras, ladrón? – Fanfarroneó la bruja, sin dejar de sonreír. La máscara que llevaba en sus manos era muy diferente, casi parecía un pedazo brillante de cristal, hasta que pudo ver mejor las facciones faciales.

El cabello era oscuro, y los ojos de un color dorado brillante, la nariz era pequeña y perfilada, pero los labios era más gruesos que los de Nydas, el resto de la máscara, está recubierta por una brillante capa de diamante, la frente, las mejillas y parte del mentón, estaban cubiertos por aquella capa de diamante. Al igual que la máscara del ángel Nydas, la máscara de este ángel, también movía la boca, y así mismo, abría y cerraba los ojos. – *"No puede usarla, las máscaras absorben el alma, de las personas que las utilizan, le pasara lo mismo que a mi"* – Reflexionó Javier, al recordar como la máscara de Nydas termino por quitarle casi por completo su alma. Entonces lo vio… un Doppelgänger, se retorcía indefenso, mientras Ursina lo sujetaba por el cuello.

– *¡Así es como las usa ella!* – Alertó Nidariel.

– Nadie sabe cómo usar estas máscaras mejor que yo, ladrón, – explicó Ursina. El Doppelgänger se retorció, y la máscara, abrió la boca por completo, el pequeño demonio quedo inmóvil después de unos segundo.

– *Está alimentando la máscara, con el alma de un demonio, así la puede usar, sin exponerse a perder su propia alma,* – detalló la angeliza.

– ¡Te presente al ángel guardián Litox! – Anunció la bruja. Soltó el cuerpo inerte del Doppelgänger, y luego colocó la máscara sobre su propia cara. La luz ilumino el interior del castillo, y el cuerpo de la bruja Ursina desapareció, dando paso, al cuerpo de un nuevo ángel guardián.

El ángel guardián Litox, era un ser imponente y poderoso, cuando estaba con vida, pero ahora, gracias a los experimentos y hechizos de la bruja Ursina, aquel ángel volvía a caminar por el mundo. Su armadura parecía estar hecha con un material muy diferente al acero, y probablemente más resistente. El casco, las hombreras, el peto, el yelmo, y los protectores de brazos y piernas, estaban elaborados con tal delicadeza, que la armadura de diamante, lucia más como una obra de arte, que como una herramienta para la guerra. Aquella armadura solo dejaba expuesto el rostro del ángel de facciones juveniles carente de arrugas, con una nariz pequeña y perfilada, y unos labios gruesos, un mechón de pelo oscuro caía sobre su frente, y sus ojos claros, emitían un destello casi dorado. Además de su rostro, sus cuatro alas, compuestas de plumas blancas, también estaban expuestas, y libres de cualquier protección.

– *No puedes pelear en un espacio cerrado, te hará pedazos,* – alertó Nidariel; la angeliza se materializo nuevamente, y le señalo la ventana, – *combátela afuera, usando los portales, tendrás mayor ventaja.*

Nydas, observó la armadura del ángel Litox, adquiría una forma diferente en el protector del brazo derecho. Unas gruesas espinas de diamante blanco se habían formado, y basto un solo movimiento del ángel, para que estas espinas salieran disparadas hacia Nydas. Javier no espero un segundo ataque, rodó por el suelo de mosaicos negros, se arrojó hacia la ventana del castillo, en ese instante logro ver los brillantes dientes del ángel Litox; estaba sonriendo… pero era la bruja, quien estaba sonriendo en realidad. – ¡Te vas tan pronto, ladrón, apenas estamos empezando! – La voz de Litox, era fina y chillona, tal como debe ser la voz de un adolescente, pero Javier, sabía que era la bruja quien hablaba.

Apenas cruzo el marco de la ventana, se dejó caer hacia el brillante océano, el cual se encontraba excesivamente lejos. La carcajada, llamo su atención; Nydas, estaba descendiendo a toda velocidad, manteniendo su cuerpo en una posición vertical, con las blancas alas pegadas a sus brazos. Litox venía detrás de él, a toda velocidad, también manteniendo su cuerpo en posición vertical, y riéndose como un demente. – *¡Ahora!* – Grito Nidariel. El portal rojo se abrió en el aire, justo frente al ángel Litox, pero este extendió sus cuatro alas blancas, aligerando la velocidad de la caída, y esquivando el portal rojo. Litox, rodeó el largo pilar que comunicaba el castillo blanco con el océano, y en seguida recuperó la velocidad que llevaba anteriormente.

El sonido abrumador del agua subiendo por el pilar en

dirección al castillo blanco, se fue haciendo cada vez más estridente, a medida que iban descendiendo. El océano seguía estando lejos, pero Litox, estaba cada vez más cerca. Javier entro en pánico, abriendo hasta cinco portales rojos en el aire al mismo tiempo, pero Ursina, conocía muy bien la maniobrabilidad que otorgaban cuatro alas en lugar de dos. Litox, descendía expandía sus alas, planeaba por encima de los portales abiertos, escapando a la fuerza de atracción que los mismos ejercían, rodeaba nuevamente el pilar, y volvía a descender aprovechando la velocidad que le brindaba aquella rotación. – *¡Mantén la calma Javier, esto es lo que ella quiere, no puedes desesperarte!* – Javier escuchó la voz de Nidariel, pero el miedo se apodero de él, nuevamente; había visto a sus amigos, y a su madre, morir frente a sus ojos, y aún seguía teniendo miedo.

Doce portales se abrieron en plena caída, bailando como si fueran remolinos de sangre, y Litox, expandía nuevamente sus alas, rodeaba todos los portales, nunca se acercaba demasiado, pero siempre terminaba rodeando el pilar, logrando mantener aquella desorbitante velocidad. Nuevamente pudo ver la sonrisa en el rostro de Litox; ahora el océano estaba más cerca, las olas chocaban contra la base del pilar, ahí en donde la gravedad se alteraba, y el agua corría hacia arriba, en lugar de hacia abajo. En ese momento, un pentagrama de color purpura brillante se dibujó por encima de las olas, los símbolo de aquel idioma desconocido estaban bailando encima de las aguas. – *¡Es uno de sus hechizos, sabía que intentaríamos huir hacia el océano!* – La voz de Nidariel, estaba teniendo el efecto contrario, Javier estaba aterrorizado. No podía hundirse en las aguas, la bruja le había hecho algo al océano.

Nydas expandió sus alas demasiado rápido, escucho un sonido espantoso, algo dentro de él se estaba rompiendo. – ¡Mis alas! – Pensó Javier. Perdió el control, y comenzó a girar hacia el vacío. La presión del aire, había sido demasiado para sus alas, y abrirlas de forma apresurada, solo empeoro las cosas. – ¡Ya no puedo volar! – Gritó Nydas desesperado; pero era Javier el cobarde quien estaba gritando. El mar se estaba volviendo oscuro, o eso pensó al principio, hasta que pudo distinguir la sombra, era algo vivo, algo que estaba oculto en el océano, y aquellos símbolos danzarines de la bruja, lo habían despertado. Después de unos aterradores segundos, cayendo sin control, Javier sintió que una de sus alas estaba respondiendo a sus órdenes. – ¿Por qué solo una? – Se preguntó. El ala izquierda, logro extenderse, estaba girando pero ahora de forma más lenta, estaba logrando un breve equilibrio.

El mar se elevó, y dos pozos rojos, brillantes como el fuego, empezaron a ascender desde las profundidades. – ¡No son pozos rojos... son ojos! – Pensó Javier. Un rostro gigantesco emergió desde las aguas. La cabeza calva de la criatura, fue lo primero que logro emerger por completo. – *¡No vamos a llegar hasta el océano!* – Advirtió Nidariel. – *¡Está tratando de intimidarnos Javier, es solo un gigante, ella corre tanto peligro frente a él, igual que nosotros!* – El gigante emitió un sonido aterrador, y sus gruesos hombros asomaron fuera de las aguas. Era como ver una montaña ascendiendo desde las profundidades de aquel océano. Debajo de sus hombros había cosas grandes y largas, parecían tentáculos al principio, pero cuando salieron por completo del océano, Javier pudo ver que eran brazos, más de 10 brazos, luego más de 20. Diez gruesos y musculosos brazos derechos, y otros 10 brazos izquierdos, todos tan grandes y gruesos que Javier, cabría entero en la palma de cualquiera de aquellas 20 manos.

Antes de que pudiera esquivarlo, incluso antes de que pudiera verlo, Nydas choco contra uno de aquellos brazos, pero aun así seguía cayendo, estaba vez no por aire, sino por una gruesa capa de piel. El ángel rodo y giro, golpeándose y magullándose, solo la armadura pudo evitar que los daños fueran más serios. Se incorporó temblando, con los ojos abiertos de terror, pudo ver que el océano, ahora se estaba alejando. Luego miro hacia a arriba, y vio los 20 brazos moviéndose en todas direcciones, el ángel Litox, estaba de pie en una de las gruesas manos, aún húmedas por el agua de aquel océano. Cuando Nydas se levantó, se percató que él también estaba encima de una de esas manos.

– *¡Solo tenemos una opción aquí!* – Exclamo Nidariel. La angeliza se había materializado a su lado.

– Quieres que abra un portal al infierno, y me arroje, – adivino Javier; su tono de voz era bajo, y casi resignado, – es mejor que la máscara se pierda eternamente en el infierno, a que caía en manos de ella.

– *¡Aun podemos tratar de escapar!* – Contesto Nidariel; pero la angeliza, ya sabía que a esas alturas, no había forma de escapar.

– ¡Que te parece mi nueva creación, ladrón! – Le pregunto Litox, con aquella voz chillona. Ahora el ángel llevaba una espada de color azul, en su mano derecha. – Las cuatro máscaras, son mis creaciones favoritas, pero este gigante, es mi más perfecta creación.

– Planeas intimidarme con un gigante… yo puedo abrir portales hacia el infierno, – amenazo Javier; su voz ocultaba su miedo, pero la bruja igual lo percibía, – abriré uno lo suficientemente grande…

– Para que…– lo interrumpió la bruja, hablando a través de los labios de Litox, – ladrón, quieres absorber a mi Hecatonquiro… ¿Alguna vez, fuiste capaz de absorber una montaña entera?

– *Por eso lo llamo,* – índico Nidariel, – *los portales, no servirán contra esta cosa.*

– Crees que lo único que tengo, son los portales, – contesto Javier. Pudo sentir la mirada de la angeliza; pero no era una mentira.

– Tienes agallas ladrón, – se burló la bruja. Las alas de Litox se expandieron. – Si te rindes ahora… a quien quiero engañar. – El ángel volvía a sonreír, y la bruja habló. – Puedes rendirte si quieres, pero eso no te salvará, tengo hechizos y pociones, que me permitirán mantenerte vivo, aun después de arrancarte los intestinos.

– *¡Arrójate al infierno, Javier!* – Grito Nidariel. Litox cayó sobre ellos

Litox, ataco usando aquella espada azul, Nydas retrocedió con el filo de la espada a solo centímetros de su rostro. Ahora podía verla mejor, era una espada, pero no estaba hecha de acero, en realidad era un pedazo largo y delgado de diamante, pero un diamante de color azul. Una segunda estocada, le cayó desde arriba, Nydas rodo por aquel extraño suelo. Aquella piel dura, no le permitía moverse con soltura. Brinco cuando vio la tercera estocada, llegarle desde abajo por la izquierda, el filo de la espada no llego a tocarlo. Estando en el aire, solo pudo agitar una de sus alas, pero eso fue suficiente para mantener el equilibrio. Litox, también brinco, y con ayuda de sus cuatro alas, llego más alto que Nydas, quedando por encima de él. Nydas, saco el arco, y en una rápida sucesión de movimientos, coloco una flecha roja, apunto y disparo. Un escudo de diamante blanco apareció en el brazo izquierdo de Litox, rechazo la flecha, que en lugar de clavarse en el escudo, se desvió hacia arriba; el portal rojo se abrió, pero enseguida desapareció.

Nydas, disparo otras tres flechas, y Litox, las rechazo con aquel escudo, empujo al ángel usando el mismo escudo. Nydas, respondió con un puñetazo, y Litox, le capturo el brazo, entre el escudo y la espada. – *¡Es diamante azul, no dejes que te corte!* – El filo paso, a solo centímetros de su piel. Nydas, cayó al suelo, y patio al ángel, obligándolo a retroceder. Abrió otro portal rojo, que se formó como un remolino entre él y Litox, pero desapareció de inmediato. – El efecto succión de un portal, es como el agua escapando por un orificio… ¿Qué crees que pasa cuando ese orificio se tapa? – Le pregunto Litox. El portal, desapareció, igual que todos los otros que había creado mientras estaba encima del gigante Hecatonquiro.

Los dos ángeles continuaron con el enfrentamiento, Litox, usando la espada de diamante azul, junto con su escudo de diamante blanco, y Nydas, bloqueando los golpes con la parte más gruesa de su arco. Una sombra enorme se proyectó encima de ellos, Nydas apenas logro verlo a tiempo, y Litox retrocedió. Una de las 20 gruesas manos del Hecatonquiro, cayó con violencia sobre el lugar en el que se encontraba Litox. Era como ver a un gigante aplastando mosquitos. Los gordos dedos del gigante se marcaron en la piel del antebrazo. Litox siguió retrocediendo, mientras la gruesa mano seguía buscando una forma de aplastarlo. – *Te lo dije, ella no puede controlarlo* – Comento Nidariel. Javier se mantuvo en guardia, observando los movimientos de Litox, y la gigantesca mano que seguía persiguiéndolo.

Los enormes ojos rojos del Hecatónquiro, se enfocaron en Nydas. – *"Soy el mosquito que se ha quedado quieto"* – Pensó Javier; otra gran sombra se proyectó sobre él, y una segunda mano, estuvo a punto de aplastarlo. Nydas corrió a lo largo de aquel musculo brazo, "recorrer solo el antebrazo, para llegar hasta el codo, fue una odisea". Otras dos grandes manos se unieron a la persecución, y Nydas, solo podían saltar de un punto a otro, a diferencia de Litox, que se defendía muy bien, volando por encima y por debajo de aquellos enormes brazos. Nydas, intento llegar hasta el hombro del brazo en el que se encontraba, pero las enormes manos le cerraron el paso. El ángel se lanzó al vacío, antes de que los gordos dedos lo atraparan. La única ala que le funcionaba, le sirvió para planear durante el descenso, hasta llegar a la gran panza del Hecatónquiro. Era una superficie resbaladiza a causa del agua, que aun humedecía la piel.

– *Si tenemos suerte, el gigante la matara,* – indico Nidariel. Nydas, se inclinó y bajo con la espalda pegada a la piel húmeda de la panza del Hecatónquiro.

– ¿Y si no tenemos suerte? – Pregunto Javier. La sombra de cinco grandes dedos, cayó sobre él, sintió la presión alrededor de su cuerpo, la gran mano lo había capturado.

El Hecatonquiro, cerró el puño completo, pero solo basto con el gordo dedo índice para aprisionar a Nydas. A los lejos, otro gran puño ascendía, también sosteniendo algo muy pequeño. – *¡Capturo a Litox!* – Exclamo Nidariel. Ambos puños, dos grandes manos de 20, llegaron hasta lo más alto. Javier, vio a través de los ojos de Nydas, el enorme cuello surcado de venas rojas del gigante, mientras iban subiendo, en cuestión de segundos, ambos ángeles estuvieron frente a los brillantes ojos rojos del Hecatonquiro. – ¡Yo te cree, puto monstruo, eres mío, suéltame ahora mismo! – La voz chillona de Litox, le llegó desde muy lejos. Los dos habían sido capturados por aquel gigante, pero solo Litox se resistía, Nydas se había quedado inmóvil.

– ¡Voy a tener que hacerte mucho daño! – Grito Litox. Una expresión de dolor, se dibujo en el rostro del Hecatonquiro. El gigante soltó un rígido atronador, y la mano, que había capturado a Litox, se cubrió rápidamente de venas azules.

– *Es el diamante azul*, – señalo Nidariel. Los gruesos dedos del gigante, se fueron petrificando con un sonido quebradizo, hasta que empezaron a caerse, como si fueran gruesos trozos de cristal. – *El diamante azul, tiene como facultad principal la cristalización de la sangre, los tejidos, los músculos, y hasta los huesos.*

El dolor, hizo que el gigante retrocediera, y de inmediato, el grueso dedo que aprisionaba el cuerpo de Nydas, disminuyó la presión. El ángel aprovechó el momento para escapar, miro de reojo hacia la gran mano cristalizada, en donde se encontraba en ángel Litox, pero este ya había desaparecido. Los cinco grandes dedos, se cristalizaron por completo, y enseguida se quebraron, cayendo como enormes rocas de un color azul brillante. El resto de la mano se petrifico casi por completo, hasta llegar a la gruesa muñeca del gigante, en ese punto, el diamante azul, se manchó con la sangre roja. La mano completa cayó hacia el océano, igual que los dedos, dejando un gran muñón ensangrentado, de cual brotaban chorros de sangre. El rugido del Hecatónquiro, era atronador, Nydas pensó en protegerse los oídos, pero el miedo lo tenía paralizado, no dejaba de mirar en todas direcciones esperando el ataque de la bruja, que vestía la piel de un ángel, hasta que sintió el profundo corte, y el frío filo, cortándole la piel de la espalda, pasando través de sus órganos, y saliendo al otro extremo, justo en el centro de su vientre. – *¡Noooo!* – Los gritos de Nidariel, no dejaron dudas, sobre gravedad de aquella herida.

Litox, estaba detrás de él, y lo había atravesado como si fuera un cerdo, usando aquella espada de diamante azul. "*El dia-*

mante azul, tiene como facultad principal la cristalización de la sangre, los tejidos, los músculos, y hasta los huesos". Javier, recordó las palabras de la angeliza, mientras caía arrodillado frente al ángel de la armadura de diamante. Litox, volvió a mostrarle los dientes; no importa que máscara usara, aquella sonrisa, solo podía hacerla Ursina. – ¡De verdad, creíste que lograrías derrotarme, ladrón! – Insultó la bruja, a través de los gruesos labios de Litox. Una brillante luz blanca, cegó a Javier durante algunos segundos, cuando sus ojos recuperaron la visión, la bruja Ursina, había recuperado su forma anterior. Ahora la anciana, de cabello largo blanco, con la piel colgando del cuello, y la espalda encorvada, estaba frente a él. La máscara del ángel Litox, se había despegado de su rostro.

– Esto es todo lo que dura la energía proporcionada por el alma de un demonio, – comentó la bruja Ursina, decepcionada; observó la máscara, que movía la boca y los ojos, – debí usar el alma de un humano, esas brindan un poco más de energía.

– *Javier, lo siento,* – se disculpó la angeliza. Las alas de murciélago, y las ocho patas de arañas, habían aparecido nuevamente, en el cuerpo de la anciana bruja.

– No he terminado todavía, – aseguró el muchacho herido. La bruja soltó una larga carcajada; el ángel se sujetó el vientre, su sangre brotaba por aquella herida, mezclada con algunos cristales azules, la cristalización ya estaba empezando.

– Eres valiente, ladrón, eso tengo que reconocerlo, – fanfarroneó la bruja; pero ni ella logró percatarse del objeto que mantenía Nydas en sus manos, era un artefacto largo, con una forma triangular, del cual se derramaba un espeso líquido azul.

– ¿Sabes que es un bosque sagrado, Ursina? – Cuestionó Nydas a la bruja, intentando mantener una sonrisa, a pesar de la mortal herida.

La bruja retrocedió asustada. – "Así que lo sabes" – Reflexionó Javier. La bruja reconoció la "llave", el artefacto largo de forma triangular. El mismo artefacto que Javier, utilizó dentro del templo blanco, para abrir una de las puertas, en la gran barrera invisible que rodeaba todo el territorio de Panamá. – ¡Las lágrimas de Dios! – Gritó la bruja, en seguida sus largas patas de araña, la alejaron de aquel lugar. La bruja ni siquiera se molestó en recoger la máscara de Litox, que ahora estaba frente a Nydas; el ángel aún seguía arrodillado, mientras las ramas de madera verde oscura, con hojas azules empezaban a crecer. Nydas había derramado, gran parte de las lágrimas de Dios; el brillante líquido azul se derramó en el brazo gigantesco, y otras gotas, cayeron sobre otros brazos del Hecatónquiro. Las raíces de los árboles de hojas azules, crecieron excesivamente rápido; antes que pudiera darse cuenta, las ramas ya estaban envolviendo su cuerpo. La máscara del ángel Nydas, también se le cayó del rostro. El ángel de alas blancas desapareció, y el muchacho alto y delgado apareció. Javier miro sus brazos velludos y musculosos, y supo que había regresado a ser el mismo de antes. – Eso está bien, quiero morir como un ser humano. – Parafraseó el muchacho con resignación; y se sostuvo la herida en el vientre, la cual permanecía igual, la sangre seguía escapándose, y el diamante azul, seguía creciendo y proliferándose a lo largo de sus órganos.

El Hecatonquiro rugió al ver los grandes árboles de hojas azules, creciendo en cuatro de sus 20 brazos al mismo tiempo. Las raíces, bajaban y subían, a lo largo de aquella piel húmeda, las ramas se mezclaban y se confundían unas con otras, y las hojas azules, empezaron a crecer sobre ellas. Las ramas también habían capturado a la bruja Ursina, sus patas de araña, estaban rodeadas de gruesas raíces, no había forma de escapar. En cuestión de minutos, cuatro brazos derechos, y dos brazos izquierdos, de los 20 gruesos y musculosos brazos del Hecatonquiro, fueron completamente colonizados por aquellos árboles de hojas azules, nacidos de las lágrimas de Dios. El cuerpo de Javier, también fue atrapado por las raíces, que empezaron a envolverlo muy lentamente.

–...Nidariel... ¿Estás ahí? – Llamó el muchacho; pudo ver ambas máscaras, la de Litox, y la de Nydas, perdiéndose en medio de las ramas y las hojas azules.

– *Estoy aquí...*– contestó Nidariel; la angeliza se materializó a su lado, intento sujetar su mano, pero solo logro atravesarlo sin tocarlo.

–... ¿Sí Ursina, muere en este lugar, junto conmigo, es posible que el corazón del Sintill, nunca llegue a manos de Orfere, y si es así, es posible que mis amigos no tengan que luchar contra la diosa con su cuerpo perfecto? – Inquirió Javier, con un leve tono esperanzador en su voz. Los gritos de Ursina se escuchaban a lo lejos, pero los rugidos del Hecatonquiro, eran más fuertes.

– *Ursina es muy astuta, se dice que ha sido la única, capaz de engañar a dos dioses demoniacos al mismo tiempo,* – corroboró Nidariel. Los arboles de hojas azules, ya se estaban extendiendo a lo largo de la inmensa panza del Hecatonquiro. – *Ella debe haber escondido el corazón en un lugar seguro, igual que las máscaras, estoy segura que nadie podrá encontrar el corazón, y si es así, Orfere nunca obtendrá su cuerpo perfecto.* – Confirmó la angeliza.

–... De verdad, espero que así sea...– susurró Javier. Los ojos del muchacho estaban muy abiertos. Él sabía que Nidariel le estaba mintiendo, el corazón del Sintill, originalmente había llegado a Orfere, gracias a Ursina. – Cuando muera... ¿Podré ver a mi madre?

– *Podrás verla, ella va estar esperándote en Siorapa, es el mundo creado para albergar las almas de los héroes,* – volvió a mentir Nidariel. El viaje en el tiempo, lo había alterado todo. Técnicamente, la madre de Javier, aun no estaba muerta, pero eventualmente, moriría después del ataque de los híbridos a su aldea. – *Cierra los ojos amigo mío, descansa, ha llegado tu momento para descansar...*– Se despidió la angeliza; rogando, que, en efecto, aquella muerte, le otorgará el descanso que tanto merecía.

El bosque de árboles de hojas azules, se extendió por la espalda, el pecho, la panza, las piernas, y 18 de los 20 brazos del Hecatonquiro. Solo dos gruesos y musculosos brazos del gigante, se mantuvieron libres de las ramas, las raíces y las hojas azules.

El cabeza del gigante, también se mantuvo integra, y su enorme rostro, con sus grandes ojos rojos, se mantuvieron mirando hacia el pequeño castillo de ladrillos blancos, en lo alto del cielo; pero el bosque sagrado, simplemente, no dejaba de crecer, sus ramas se extendieron hasta el pilar que lleva hasta el castillo de ladrillos blancos, y continuo su ascenso indetenible. Las aguas del gran océano, ya no corrían a lo largo del pilar, sino que se deslizaban por encima de los largos troncos de madera verde oscura, que seguían su ascenso hacia el castillo.

En la parte baja, Javier, finalmente se quedó inmóvil, y las ramas acunaron su cuerpo, como si estuviera durmiendo; a lo lejos, el cuerpo triturado de la bruja Ursina, permanecía cubierto de raíces, algunas incluso, la habían atravesado, varias hojas azules, empezaban a asomarle desde adentro de la boca. Las máscaras, quedaron escondidas entre la multitud de ramas y hojas azules.

INTERLUDIO 4

Diario de los Demonios (Autor Desconocido)

Ciclope

(...El demonio era más alto y musculoso que Diego, y desde lejos, podía confundirse con un hombre, pero al acercarse, su único ojo en el rostro delato su naturaleza de demonio. Un ciclope, con la piel quemada por el sol, y con varias cadenas recorriendo su cuerpo, cadenas que se enterraban en su carne...)

Un demonio de sangre pura, clasificado en la cuarta jerarquía militar de los demonios, correspondiente a los demonios soldados o "Demon Turun". Los ciclopes no pueden considerarse como demonios inteligentes, sin embargo, poseen una capacidad de aprendizaje más o menos aceptable. Son buenos para seguir órdenes, y pueden ser alimentados con casi cualquier tipo de carne. Los ciclopes han desarrollado una resistente estructura muscular, y un sistema óseo sumamente duro, son capaces desmembrar a sus enemigos, cuando atacan en grupos. Algunos, tiene colmillos curvados hacia afuera, muy similares a los de un jabalí, pero generalmente no los utilizan durante el combate.

Clodian

(...La criatura tenía piel oscura, que parecía ser casi de cristal, tenía cuatro brazos, en cada mano llevaba una espada, y en su rostro solo tenía dos ojos rojos y redondos. La criatura giraba su cuello de forma confusa, y al hacerlo emitía un sonido quebradizo, como si la cabeza se le fuera a caer en cualquier momento...)

Son demonios con aspecto de insectos, viven pocos años, incluso menos que los humanos, pero se reproducen en grandes cantidades, comienzan sus vidas como pequeños escarabajos negros, hasta que se petrifican formando una capa roja transparente alrededor de sus diminutos cuerpo, adquiriendo una forma muy parecida a una "piedra roja". En este estado el "Clodian" se alimenta de todo lo que pueda absorber la capa roja en la que está envuelto. Estos demonios están en la cuarta jerarquía militar de los demonios, porque pueden ser utilizados como armas, los arrojan durante el combate, la capa roja que los cubre se destroza, el demonio crece hasta alcanzar un tamaño similar al de un ser humano, desarrolla cuatro brazos, y cuchillas que parecen espadas, pero a los pocos días muere.

Sintill

(Su cuerpo era amplio, pero blando y de un color pálido, recorrido por varias líneas rojas. Tenía ocho grandes ojos, y una boca, más parecida a un hocico, en comparación con la de cualquier molusco)

Es un demonio clasificado en la sexta jerarquía demoniaca, se lo considera un demonio salvaje o Demon Saval. Es muy similar a un calamar, con ocho largos tentáculos blancos, rodeados por varias líneas rojas. No llegan a crecer mucho, su tamaño normal es similar al de un perro doméstico. Pero algunos pueden crecer más, si tienen ayuda de otros demonios más fuertes. La mayoría de estos demonios, desaparecieron poco después de la invasión a Panamá, puesto que no lograron adaptarse a las aguas de los ríos y océanos, son criaturas que sobreviven mejor, en las oscuras aguas de lago Estigia, en lo profundo del infierno.

Janchuk

(…Aquel ser, parecía emerger directamente de la pared de mármol blanco, y sus tentáculos se esparcían tanto por el techo, como por las paredes y el suelo. En el centro, la criatura parecía tener algo parecido a una boca, por la cual asomaban unos gruesos colmillos…)

No es un demonio, en realidad en una maquina creada por demonios, apenas tiene una conciencia, es incapaz de desarrollar conductas de razonamiento, y su cerebro es muy diminuto, únicamente adaptado, para atrapar una presa en el interior de sus grandes bocas, alimentarse de su víctima, hasta que la misma muera, luego de eso, se arrastrara usando sus tentáculos, localizara a una nueva presa, con su único ojo, la atrapara y repetirá el proceso. El Janchuk, no puede diferenciar a sus presas, así que atrapara y devorara, a humanos, animales, demonios, y a cualquier otra cosa que se mueva.

Hombres Dragón

(…Tan altos como un hombre adulto, con la piel formada de escamas gruesas y oscuras, caminaba erguido como un humano, pero aun así seguía pareciendo un lagarto, las personas los llamaban: "Hombres Dragón". La cabeza de aquella criatura era igual a la de un dragón, pero más pequeño, con dos gruesos cuernos en cada lado de la cabeza…)

Son demonios pertenecientes a la séptima jerarquía militar de los demonios. Son híbridos, por lo tanto, es irrelevante si son o no criaturas fuertes, hábiles o inteligentes, el solo hecho de mantener ADN humano, los coloca en el puesto más bajo de la jerarquía demoniaca. Hay quienes afirman que los Celofagos, son primos de los Hombres Dragón, pero lo cierto, es que no comparten vínculos sanguíneos de ningún tipo. Tampoco se sabe, que dio origen a estos demonios, podría ser un dragón, el cual es un demonio de sangre pura, pero no habría forma de combinarlo con el ADN de un humano, por lo tanto, es un misterio la procedencia de estas criaturas.

Minotauro

(…– ¡Crees que el ataque de los minotauros fue al azar! – Grito el hombre flacuchento. – ¡Tenemos a un condenado entre nosotros!…)

Estos demonios, en su forma adulta, llegan alcanzar una altura similar a un hombre adulto, son peludos, corpulentos y musculosos, el torso, los brazos, y el sexo, son iguales a los de un hombre humano, pero las piernas, son las de un toro, al igual que la cabeza. Son solo fuerza bruta e instinto, todos nacen siendo machos, así que la única forma que tienen de reproducirse, es atacando y violando a hembras de otras especies. El caso más común, es el de las mujeres humanas que son secuestradas, violadas, y luego regresadas a sus comunidades, pueblos y aldeas, estando embarazadas. Sí el embarazo no es interrumpido de inmediato, la criatura escapara a los pocos segundos de haber nacido, sin embargo, no le producen daño alguno a la madre. A pesar de ser demonios, que se mezclan con otras especies, su ADN no se altera en lo absoluto, es decir, que siempre van a ser demonios de sangre pura, siempre serán machos, y su biología no se verá alterada de ninguna forma. Son clasificados como Demon Saval, si están en un estado libre y salvaje, pero sí llegan a ser domesticados por otros demonios, se los considera como Demon Turun.

Wyvern

(Eran cuatro criaturas aladas, con aspecto de reptiles, muy similares a los dragones, pero por su tamaño, Javier pudo notar que no eran aquellas bestias aladas con la facultad de escupir fuego)

Estos demonios son de sangre pura, y a diferencia de los Hombres Dragón, ellos sí mantienen una relación sanguínea con los dragones. No llegan a crecer mucho, solo sus alas crecen un poco más, sus patas traseras se tornan un poco musculosas, si son utilizados como criaturas de carga. Se dice que la evolución normal del demonio Wyvern, se detuvo, porque el mundo humano, no tiene el ambiente adecuado para garantizar se evolución normal. En el infierno, lugar de nacimiento de estos demonios, pueden desarrollarse mejor, y algunos afirman, que pueden alcanzar poderes superiores a los de un dragón, y una apariencia muy diferente. Están ubicados en la sexta jerarquía demoniaca.

Doppelgänger

(...En aquel piso, había alrededor de 15 de aquellos demonios, ninguno alcanzaba la altura de un humano adulto, no tenían un rostro, y su piel era totalmente azul, con profundas líneas negras que recorrían sus cuerpos...)

Estos demonios, también son conocidos como "espejo", por la habilidad que tienen de adquirir la apariencia exacta de cualquier criatura: humano, animal, demonio, incluso se dice que pueden imitar la apariencia de un ángel. En la jerarquía demoniaca, están ubicado en la sexta posición, pero también se dice que por su habilidad de imitar formas, pueden también imitar la inteligencia, por lo cual, se dice que también ocupan la quinta posición, correspondiente a los Demon Leguii.

Hecatonquiro

(...Era como ver una montaña ascendiendo desde las profundidades de aquel océano. Debajo de sus hombros había cosas grandes y largas, parecían tentáculos al principio, pero cuando salieron por completo del océano, Javier pudo ver que eran brazos, más de 10 brazos, luego más de 20. Diez gruesos y musculosos brazos derechos, y otros 10 brazos izquierdos, todos tan grandes y gruesos que Javier, cabría entero en la palma de cualquiera de aquellas 20 manos)

Ningún Hecatónquiro, logró llegar hasta Panamá, durante la invasión demoníaca, pero hubo unos que se quedaron atrapados en la Frontera. Pasan la mayor parte de sus vidas inmóviles, y poseen una fuerza incomparable. También son conocidos como "Montañas".

EPÍLOGO

<u>Pandemónium</u>

<u>Panamá. 28 de Marzo de 2200</u>

La muchacha de dieciséis años se acercó hasta el final de la carretera de concreto, en la mano derecha llevaba el balde de acero, con el cual acostumbraba recoger agua. Su nombre es Anarielis, y su apellido lo había olvidado, aunque eso ya no era relevante, la imagen con forma de árbol rojo, tatuada en la piel de su brazo izquierdo, era lo único que importaba, su alma ya no era de su propiedad, estaba consagrada a la Diosa de las raíces sangrientas, hacía ya 5 años.

Anarielis, una jovencita delgada, de piernas largas y caderas anchas, con pechos pequeños, brazos delgados y fuertes, hacia el mismo recorrido todas las mañanas, después de levantarse, y lavarse, antes de que tocara la hora de la primera comida del día. Anarielis, tiene una piel trigueña, y sus rasgos faciales eran rústicos, con cejas espesas, nariz ganchuda, a excepción de sus labios que eran delgados, pero muy rojos. La joven llevaba el pelo oscuro muy largo, pero sucio, despeinado y recogido en un moño en lo alto de la cabeza.

La jovencita se acuclilló en el suelo destruido de la carretera, ató una soga a un orificio en el balde de acero, y lo arrojó al río que corría con lentitud, unos metros por debajo de la carretera. A las espaldas de Anarielis, se podían ver los grandes edificios en ruinas, con sus ventanas rotas. Hacia algunos años, aquella carretera estaba llena de vehículos destruidos y oxidados, pero cuando llegaron los demonios de la Diosa, ellos se encargaron de limpiar la carretera. Cuando el balde se llenó de agua, la mujer intento levantarlo, pero se había quedado atascado con algo. – *"Malditas raíces"* – Pensó Anarielis; se incorporó, para ejercer presión y sacar el balde del agua, pero soltó la soga asustada, cuando vio los ojos rojos, que la observaban desde lo profundo de las aguas.

El demonio emergió desde lo profundo de las aguas en aquel río. Anarielis lo reconoció de inmediato. –…*Gargantarius*… – Pronunció Anarielis, aquel nombre, con un tono de voz bajo y cauteloso. El Demon Oniorus, Gargantarius, perteneciente a la tercera posición en la jerarquía militar de los demonios, era un demonio más alto y corpulento que un hombre adulto, su piel era dura, verde, y escamosa, muy similar a la de un reptil, cubierta de manchas negras, con un rostro animalesco, que recordaba al de un lagarto, de hocico corto, lleno de innumerables colmillos, en ese momento estaba desnudo, su armadura plateada, había desaparecido.

Gargantarius, llegó hasta la parte menos profunda del río, y enterró sus gruesas garras en la pared de concreto que alejaba el río de la carretera. No tuvo que esforzarse mucho, solo trepo unos pocos metros, y llegó hasta la carretera destruida. No le prestó atención a Anarielis, y dirigió su mirada a lo lejos, más allá del río que discurría a sus pies. La carretera continuaba, ahí en el extremo opuesto del río, y se extendía a lo lejos, en medio de edificios en ruinas, y pasando por los pequeños bosques, que se formaban dentro de aquellas ruinas. Finalmente el demonio, se percató de la presencia de Anarielis; la joven aún permanecía inmóvil en el suelo, estaba arrodillada y no miraba de frente al demonio.

–…Mi señor…– titubeo Anarielis; la jovencita, mantuvo la cabeza baja, y extendió su brazo izquierdo, para que el demonio viera la marca, –…no lo esperábamos tan pronto…

– Humana, – pronunció Gargantarius. La palabra en su hocico de lagarto, se oía casi como un insulto, – ¿A quién sirves?

– A la Diosa de las raíces sangrientas, – respondió Anarielis, tratando de disimular su pánico. No era la primera vez que veía a un general demoníaco, de hecho, ya había visto incluso a los Sacerdotes Demoníacos, pero siempre, desde una distancia prudente. – Sirvo a la diosa Orfere, y pertenezco al pandemónium. – Agregó la joven condena; al notar la perturbadora mirada curiosa del general demoníaco.

– Pacum, Tuira y Raquime... ¿Están aquí? – Cuestionó Gargantarius. Anarielis, se mantuvo en silencio. No recordaba aquellos nombres. El demonio, empezó a emitir una especie de gruñido gutural. Anarielis, balbuceó algo inentendible, ante la posibilidad que el demonio, se tomará su silencio como una muestra de irrespeto. – Los sacerdotes demoníacos... ¿están aquí? – Preguntó nuevamente, usando un tono de voz cruel; pero comprendiendo, a su vez, que la humana, no reconocía aquellos nombres.

–...hace tiempo, llegó un ejercito grande...– contestó la asustada joven, –...venían acompañados de un ser, que parecía estar envuelto en unas extrañas llamas azules...– relató la condenada. Gargantarius, gesticuló lo que parecía ser una sonrisa. Su rostro de aspecto reptiliano, se deformó debido al gesto, dejando expuesta una hilera de colmillos, cortos, afilados, y curvados hacia atrás.

– El Demon Xonori, está aquí, – balbuceó Gargantarius; la chica, no logró escuchar bien sus palabras, pero a este, no le interesaba en lo absoluto, lo que pudiera o no entender aquella humana. – Llévame con el sacerdote demoníaco. – Ordenó Gargantarius.

<table>
<tr><td>

BIOGRAFÍA DEL AUTOR

Magister Andys Javier Montenegro Mendoza (andysjaviermontenegro@gmail.com), panameño, nacido el día 4 de diciembre de 1987, en la República de Panamá, Abogado en ejercicio, con Licenciatura en Derecho y Ciencias Políticas, expedida en el 2012, por la Facultad de Derecho y Ciencias Políticas, de la Universidad de Panamá, con Maestría en Derecho Privado con énfasis Derecho Comercial, expedida en el 2015. Inició el ejercicio de su carrera, desempeñando funciones como Oficinista en el Registro Único de Entrada del Órgano Judicial, pasando luego a Oficial Mayor del Séptimo Juzgado Municipal de Libre Competencia, continuando como Oficial Mayor en el Segundo Tribunal Marítimo de Panamá, siguiendo como Asesor Legal Encargado del Departamento de Armas de Fuego de la Dirección Institucional en Asuntos de Seguridad Pública (DIASP), y posteriormente Abogado Tramitante de la Autoridad de Protección al Consumidor y Defensa de la Competencia (ACODECO). Actualmente se dedica al ejercicio libre de la profesión del Derecho.

</td><td>

MENSAJE DEL AUTOR

Querido Lector, muchas gracias por leer este libro, espero sinceramente que haya sido de tu agrado; estoy seguro que notaste algunos errores, o elementos que consideras pueden ser mejorados. Tú opinión es muy importante, deja tu comentario acerca de lo que te gusto, y lo que no, siempre con mucho respeto.

Sígueme en mis redes sociales:
Twitter: **Instagram:**

@guardianmirlo1 **atlassagitario**
@ABELINOSTER
@atlassagitario

Andys Montenegro

</td></tr>
</table>

Querido Lector, te dejo algunos otros de mis proyectos, para que sigas mi trabajo, si ha sido de tu agrado; no olvides dejar tu valioso comentario.

Estimado contribuyente, el gobierno, se complace en informarle que usted reúne los requisitos necesarios para someterse al tratamiento que le permitirá acceder a la ciudadanía 00 y volverse un organismo inmortal, ya no sentirá frío, dolor, hambre o sed, no tendrá necesidad de dormir, no volverá a enfermarse, y su apariencia física actual se mantendrá inalterable durante los próximos 40 a 50 años. Somos conscientes que usted es un ciudadano profesional y responsable, por ese motivo, también cumplimos con informarle que podrían presentarse ciertos efectos secundarios, pero que son fácilmente tratables, siempre y cuando, usted cumpla al pie de la letra todas y cada una de las sesiones médicas, necesarias y posteriores al tratamiento. Sin nada más que agregar por el momento, lo invitamos a presentar el resto de la documentación necesaria para proceder con el tratamiento. Le damos la bienvenida a una vida casi perfecta, esperamos que la disfrute tanto, como nosotros disfrutamos servirlo."

https://www.amazon.com/-/es/ANDYS-JAVIER-MONTENEGRO-MENDOZA-ebook/dp/B0859T7LLF/ref=sr_1_1?__mk_es_US=%C3%85M%C3%85%C5%BD%C3%95%C3%91&keywords=corrompidos+andys+montenegro&qid=1584549087&sr=8-1&swrs=82AED37946BD-CA54A5AB5A0FD5F631BA

Sumérgete en un nuevo mundo, en una tierra ocupada por ángeles, demonios, humanos y híbridos, en donde cada facción lucha por el control de un territorio. Observa un mundo nacido de las ruinas de un país invadido por dos fuerzas sobrenaturales. Aquí no hay malos o buenos, solo personas y seres con objetivos claros, y capaces de cualquier cosa con tal de obtener la victoria. Ni los ángeles son necesariamente buenos, ni los demonios son necesariamente malos, pero los humanos, esos son siempre solo humanos, y por ese solo hecho, pueden incluso ser más peligrosos que los ángeles o los demonios. En el mundo que veras, mi apreciado lector, las luchas por el dominio territorial son el combustible inagotable para la maquinaria de la muerte, puesto que los eventos se desarrollan 20 años después de la derrota de la humanidad ante estas fuerzas sobrenaturales, y aun después de eso, el conflicto no cesa.

https://www.amazon.com/-/es/Andys-Montenegro-Mendoza-ebook/dp/B07BN5TL7G/ref=sr_1_1?__mk_es_US=%C3%85M%C3%85%C5%BD%C3%95%C3%91&keywords=La+Se%C3%B1ora+de+las+Ra%C3%ADces+Sangrientas+Andys+Montenegro&qid=1581869308&s=digital-text&sr=1-1

En medio de las inestabilidades político-internacionales en un pequeño país, en el año de 1989, una joven abogada, empieza a trabajar en un sencillo puesto del gobierno. Su aterradora jefa, la licenciada Teresa Lorgio, le describe todas las reglas que debe seguir como nueva funcionaria del Departamento de Quejas Comerciales. Todas las reglas son importantes, pero solo una se considera inquebrantable: "nadie puede quedarse en el puesto de trabajo, luego de la hora oficial de salida". La chica nueva tiene sus propios secretos, al igual que la mayoría de sus compañeros, pero estos secretos no tardan en pasarle factura en su nuevo empleo. Su lugar de trabajo resulta perturbador desde el primer minuto. Hay cosas que parecen moverse en el interior de las paredes. Hay voces que pasan de una oficina a otra. Lo peor es que todos los funcionarios fingen que no sucede nada. A medida que pasa el tiempo, la chica nueva, descubrirá que su puesto de trabajo esconde más secretos de los que podía imaginar, mientras la situación política de su país se vuelve cada vez más precaria. Las sombras que acechan en los oscuros rincones de aquellas oficinas, guardan pasados dolorosos.

https://www.amazon.com/-/es/ANDYS-JAVIER-MONTENEGRO-MENDOZA-ebook/dp/B0841D3RGW/ref=sr_1_1?__mk_es_US=%C3%85M%C3%85%C5%BD%C3%95%C3%91&keywords=Mi+Maldita+Jefa+Andys+Montenegro&qid=1581869348&s=digital-text&sr=1-1

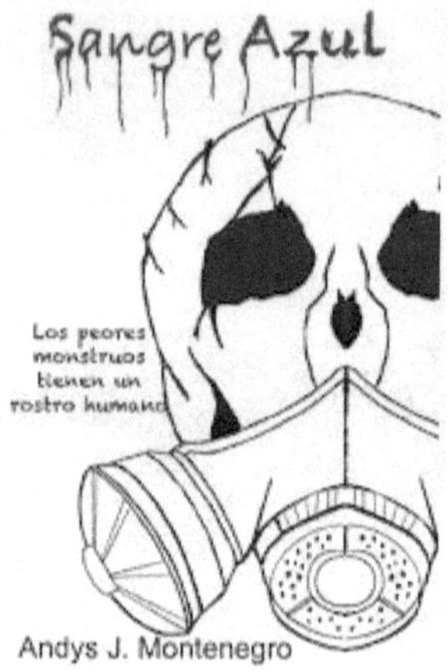

Esta no es la clásica historia de un héroe, que llega en el último momento, y los rescata a todos; esta, es la historia de una mujer que cometió un terrible error, y pese a eso, trata de reparar el daño que ha causado. También es la historia de una mujer, que va a morir, que sabe que morirá y que ha aceptado su muerte; pero esta misma mujer, comprende que tiene una deuda con la vida, una deuda que empezó el mismo día que cometió aquel terrible error. No puede morir hasta remediar el daño causado. No puede morir hasta que cumpla su deuda con la vida. Esta es la historia de Dayana, una superviviente que se niega a volverse un monstruo solo para continuar viva.

https://www.amazon.com/ANDYS-MONTENEGRO-MENDOZA-ebook/ dp/B081LPYHQY/ref=pd_rhf_se_p_img_2? _encoding=UTF8&psc=1&refRID=J13P65H8FM2F22JNZ5S5

Han pasado 500 años desde la última guerra; una nueva civilización ahora domina la única porción territorial del planeta, en la que aún es posible respirar, comer y vivir, sobreviviendo bajo la prohibición de no acceder a los avanzados conocimientos tecnológicos de un mundo casi olvidado. El Santuario, también conocido como: "tierra santa", gobierna con fanatismo y mano dura, lo que queda de la raza humana, haciendo uso de un intrincado conglomerado de líderes, autoridades religiosas, y de un grupo especial de hombres y mujeres, denominados "los cazadores", estos, tienen como misión principal enfrentar a los peligrosos vestigios de la última gran guerra. Los niños, representan el futuro de esta última civilización, y como tal han pasado a ser considerados "bienes" de gran valor, tanto para el santuario, como para aquellos despojos sobrevivientes a la guerra, quienes se valen de una peligrosa melodía, similar a una canción de cuna, para llevarse todo rastro de inocencia, y sustituirlo por un salvajismo, acompañado de un hambre incontrolable.

https://www.amazon.com/-/es/ANDYS-MONTENEGRO-MENDOZA-ebook/dp/B07W8BC8H1/ref=sr_1_1?__mk_es_US=%C3%85M%C3%85%C5%BD%C3%95%C3%91&keywords=Canci%C3%B3n+de+Cuna+Andys+Montenegro&qid=1581869257&s=digital-text&sr=1-1

La figura de la apología del delito, en el ordenamiento jurídico-penal de Panamá. El siguiente texto reúne un vistazo sobre la figura, y las opiniones de algunos autores nacionales y extranjeros, sobre el tema.

https://www.amazon.com/-/es/ANDYS-MONTENEGRO-ebook/dp/B07P8XH7H7/ref=sr_1_1?__mk_es_US=%C3%85M%C3%85%C5%BD%C3%95%C3%91&keywords=La+Apolog%C3%ADa+del+Delito+Andys+Montenegro&qid=1581869413&s=digital-text&sr=1-1

La impotencia, y todo lo que conlleva, al no ser capaz de defenderse en contra de un enemigo infinitamente superior, genera sentimientos que no pueden explicarse. Los enfrentamientos, no siempre están demarcados por los "malos" o los "buenos". A veces, la impotencia, es una consecuencia de descubrir que nuestros peores enemigos, son un conjunto de sentimientos, generador por nosotros mismos.

https://www.amazon.com/-/es/ANDYS-MONTENEGRO-ebook/dp/
B07MK13B8V/ref=sr_1_1?__mk_es_US=%C3%85M%C3%85%C5%BD
%C3%95%C3%91&keywords=Par%C3%A1lisis+Andys
+Montenegro&qid=1581869450&s=digital-text&sr=1-1

La historia continua justo en el punto en el que se quedó en el libro anterior "La Señora de las Raíces Sangrienta". La aparición de nuevos protegidos, luego de 20 años, ha tomado por sorpresa a los derrotados habitantes de las tierras ya dominadas por los demonios; y no son solo los protegidos, puesto que la presencia de más de 2000 tripulantes en el interior de aquellos inmensos barcos, despierta la suspicacia de aquellos que ya gobiernan sin problemas la mayoría de las tierras, mientras que para otros, aquellos barcos flotando en la antes llamada "Bahía de Panamá", demuestran un exquisito botín, no solo por la tecnología a bordo, sino por las más de 2000 almas humanas, listas para caer en las garras de los demonios hambrientos a lo largo de aquel inhóspito territorio. Por su parte Javier y Nidariel, continúan su lucha en contra del peor de los enemigos "el tiempo". Javier, deberá sacrificar lo más preciado para él, si quiere completar con éxito el peligroso plan tramado por su compañera Nidariel, pero ellos no están solos en su viaje, un peligroso enemigo, los sigue de cerca esperando el momento ideal para atacar.

https://www.amazon.com/-/es/ANDYS-JAVIER-MONTENEGRO-MENDOZA-ebook/dp/B07C97SMJ4/ref=sr_1_1?__mk_es_US=%C3%85M%C3%85%C5%BD%C3%95%C3%91&keywords=Los+Condenados+Andys+Montenegro&qid=1581869379&s=digital-text&sr=1-1

Kizara Pineda, mujer, abogada, jueza, amiga y amante, es una de las sobrevivientes a una terrible plaga que azotó a todo el planeta, a principios del año 2025, escondida con otros sobrevivientes, en varios bunkers que se interconectaban bajo la superficie de la República de Panamá. Contrario a todo pronóstico, la plaga fue inicialmente aislada, posteriormente contenida, y finalmente controlada, tras 5 largos años, en los que la cadena alimenticia cambio, colocando al homo sapiens, como la principal fuente de alimento, de una criatura generada a consecuencia de la plaga. El planeta se recuperó, al igual que los continentes, las regiones y los países, y tras 5 años, los gobiernos recuperaron el control. Kizara, pasó a formar parte de un selecto grupo de profesionales del derecho, quienes, con mucho esfuerzo, lograron restablecer el orden social, usando como elemento primordial "el derecho". Kizara, es ahora una jueza de la jurisdicción especial civil para ciudadanos de categoría 3 y 4, quien, convencida del restablecimiento de todas las garantías fundamentales de los ciudadanos, imparte su oficio, desconociendo que la plaga no ha sido completamente controlada, y volviéndose el blanco primario de un peligroso grupo de sobrevivientes que la ven como una amenaza.

https://www.amazon.com/-/es/ANDYS-MONTENEGRO-ebook/dp/B07GX8MDD7/ref=sr_1_1?__mk_es_US=%C3%85M%C3%85%C5%BD%C3%95%C3%91&keywords=Humana+Andys+Montenegro&qid=1581869588&s=digital-text&sr=1-1

La historia continua. Panamá, es una tierra dominada por nueve poderosos dioses demoniacos, y luego de 20 años de dominación, la raza humana
se reduce a esclavos, sirvientes o alimento. La época de los grandes ángeles
guerreros término, de eso, solo quedan historias de un pasado esperanzador, que ya no volverá. Ahora la batalla encarnizada esta entre los
mismos dioses demoníacos, que luchan entre ellos por dominar mayores
porciones territoriales. En medio de estos enfrentamientos, un ángel
guardián, procedente de una tierra en la que aun gobiernan los humanos,
lucha por infiltrarse y pactar un trato con los nuevos protegidos, que llegaron desde más allá del mar, pero... ¿Es este nuevo ángel guardián un
verdadero aliado?

https://www.amazon.com/-/es/ANDYS-MONTENEGRO-ebook/dp/
B07H21X24L/ref=sr_1_1?__mk_es_US=%C3%85M%C3%85%C5%BD
%C3%95%C3%91&keywords=Janchuck+Andys
+Montenegro&qid=1581869526&s=digital-text&sr=1-1

www.ingramcontent.com/pod-product-compliance
Lightning Source LLC
Chambersburg PA
CBHW031743150726
47989CB00006B/2570